新　潮　文　庫

チュベローズで待ってる

AGE22

加藤シゲアキ著

新　潮　社　版

11624

目次

チュベローズで待ってる　AGE22

01 二十二歳の秋

新宿の街灯が路上に撒き散らした嘔吐物を覗き込むように照らす。街の人々は気にしていないという風に、しかしきちんと汚物を避けながら通り過ぎた。街を覆う雲霞は毒々しい色に染められ、それは鮮やかなのにもかかわらず、美しさとはほど遠いように思えた。

空腹では酒が回ると思い、チェーン店の安い牛丼を胃に詰め込んでおいた。なのに数時間で全部吐き出してしまうことになるとは。自分の要領の悪さに辟易するものの、今日という日の結末がこうなることもなんとなく想像がついていた。むしろ自ら望んだ成り行きだった。

携帯が鳴る。画面に恵からのメッセージが表示された。

――内定どうだった？――

メッセージを見た途端、不採用通知が脳裏をよぎる。またしても胃酸の混じった牛丼を吐き出した。

入院中の母を訪ねた帰り、自宅のポストに手紙があった。その時点で不採用だとわかったのは、何度も同じような経験をしたからだ。採用になっていれば大抵電話がかかってくるというのも、就活仲間から聞いていた。

最後の望みだった。この会社を逃したらもう来年度に就職できる見込みはなかった。三十社以上を受けたものの、どこも不採用だった。来春から社会人になる可能性は完全に潰えた。自分を除いて、そんな人間は周りにひとりもいない。

冷えたガードレールにもたれかかり、眼前を通り過ぎていく人々をぼんやり眺める。彼らもかつて新卒で内定をもらい、今は何かしらの職務を果たし、社会に貢献し、給料をもらっているのだろう。

ろくでもない息子でごめん。兄でごめん。

自分の嘔吐物から大量に飲んだテキーラのにおいが沸き立ってくる。ガードレールの白い塗装の一部が、ボールペンか何かで「憂鬱」と彫られ、剝げていた。画数の多さに手間取ったのか、「憂」の字よりも「鬱」の字の方が倍ほど大きい。

今後、自分に残された道はふたつだ。このまま卒業して既卒として就活をするか。あえて留年して就活するか。

既卒での就活は中途採用となり、枠が少ない。ならば留年し、改めて新卒として採用試験を受ける方が分があるように思われた。しかし学費はもう一年分払わなければならない。大学によっては留年する就活生に向けて学費の減免措置制度を設けているところもあるそうだが、自分が通っている大学にそれはなかった。つまりわざと単位を落とし、もう一年分の学費を支払わなければならない。母が倒れて仕事ができない今、学費を工面できるのは自分しかおらず、なおかつ妹も含めた家族三人の生活費もバイトで稼がなければならない。バイトのシフトを増やしたせいで、またしても就活の準備が整わず内定を取れないという本末転倒も十分に考えられる。しかし、他に選択肢はない。

再び携帯が鳴る。またも恵だが、今度は着信だった。

もう一度吐きたいと思った。けれど胃袋にはもう何も残っていなかった。食欲はなかったが吐くために食べようと思った。何度もそれを繰り返したい気分だった。

近くの安いチェーンを探そうとあたりを見回す。視線を左右に巡らせると、車道を挟んで向こう側の歩道にひとりの男が立っていた。酔っているためはっきりとはわからないが、歳は自分より少し上のように見える。

目が合ったが、彼は僕から視線を逸らそうとしなかった。むしろ、まっすぐ僕を見続けた。僕も逃げずに見返した。それくらい自棄になっていた。

彼は何かを決意した様子で信号を無視し、渋滞する車の隙間を縫ってこっちに渡ってきた。

殴られる、と直感して身体を固くしたが、すぐにそれも悪くないと思った。誰かに殴られれば、纏わりつくこの苦痛を一時的にでも忘れられるような気がした。

彼が近づいてくるにつれて、だんだんと顔が認識できる。男は思ったよりも童顔で小柄で、年齢は自分とそう変わらないようだった。大学にもいた、いかにも浅薄で軽率そうな男で、僕はがっかりした。やっぱり殴られたくない、と思い直す。どうせ殴られるなら、手も足も出ない屈強な肉体を纏った大男がいい。それぐらいでなければ、何も振り払うことはできない。

彼はガードレールを跨いで僕の嘔吐物の前で立ち止まり、じっとそれを見つめたあと、薄い唇を開いた。

「ぎょうさん紅生姜使うタイプなんやな」

ルックスとは裏腹に関西の中年男性が話すような口ぶりだった。それから彼はしゃがみ込んで嘔吐物に手を伸ばし、僕の胃から出た紅生姜をつまんだ。

「わしもせやで。もはや牛丼を食べに行っとるんか、紅生姜食べに行っとるんかわからんくらい、紅生姜使うねん」

車道からはクラクションの音がせわしなく聞こえていた。

「なんか、用ですか」

あっけにとられ、思わず敬語になった。

「お腹空(なかす)かへん？」

彼は僕の考えを見透かしたかのように、「なぁ、こんなに吐き出したらお腹空くやろ？　飯行かへん？」と何度も話しかけてきた。

「なぁ、飯行こうや」

無視する僕の肩を抱き、初対面とは思えないほどの距離感で話しかけ続ける。初めはうっとうしかったものの、不思議なことにその身勝手なペースが徐々に心地よくなり、根負けした僕は「立ち食いそば、とかなら、まぁ」と答えた。

「ええなぁ！　そばめっちゃええやん！　近くにめっちゃうまいとこあんねん！　そばもうまいけど、てんぷらもごっつぅうまくてな。あ、でも揚げもんはしんどいか？」

そう言って彼は口を大きく開け、笑った。

「俺、雫な。何回も名乗るの嫌いやから一回で覚えてな。で、自分の名前は？」

「光太」

「ほぉ、ええ名前やな」

僕はガードレールを摑んで、そっと立ち上がった。車道から響くクラクションはさっきよりも激しさを増していた。

彼に連れられるまま、歌舞伎町へと入っていく。たむろする人々と目を合わせないように俯きながら歩いていると、あちこちから雫を呼ぶ声がした。「お前、男ナンパするようになったんか？」「雫さん、たまにはうち来てくださいよ」「今日は店にいるの？」。雫は相手ごとに細かく態度を変え、器用に返事をしながら進んでいく。

立ち食いそば屋に入ると出汁のいい香りが僕を迎えた。たくさんのメニューが並ぶ券売機の前で財布を取り出すと、札は一枚も入っていなかった。覗き込んだ雫は何も言わずに「二枚」を選択し、「ダブル海老天そば」を押した。

店内の椅子に腰掛け、なにげなく雫を見る。

明るかったせいか、雫の印象はさっきとは違って見えた。ふんわりとうねった明るい髪にリングのピアス、キャメル色のフーディーにデニムといったカジュアルな装いは一見軽々しいが、なぜか品と華があった。全てが細やかにまとまっていて、軟派な雰囲気ではあるけれど、大学にいるそういった種類の人たちとは一線を画していた。むしろ大学の人間は彼のような男を目指しているように思えた。

そして、そんな彼の放つ空気感は今の自分にはやけに眩しかった。ここに来るまでに少しは気が紛れていたのに、気づいてからはまた滅入ってしまった。

そばはやたらと僕の身体に沁みた。これを食べるために牛丼を食べ、そして吐いたのではないか、と思えるほどうまかった。夢中になって啜っていると若い男二人が店に入ってきた。

「雫さん、おつかれさまです」

「おう、おつかれ」

「その人誰っすか？」

「そこで拾ってん」

「捨て猫みたいな言い方っすね」

「そんな感じやんな？」

僕は彼らの方に顔を向けず、ひたすらそばを食べた。

「こいつおもろいから、店に入れようかと思うねん」

男たちは僕の隣に座り、まじまじと顔を見つめた。

「いやいや、こいつ普通すぎません？　やってけないと思いますよ」

「っていうか超地味じゃないっすか。別に人手に困ってるわけじゃないし、才能なさそうなやつ入れてる場合でもないと思いますけど」

考える間もなく、衝動的に身体が動いていた。人を殴ったのは生まれて初めてだった。

殴られた男は目を血走らせて僕の胸ぐらを摑み、今にも殴り返そうとしていた。

「やめとけ」

雫が張り上げた声は、今まで僕にかけていた柔和なものではなかった。

「失礼やろ。殴られて当然や。ええ加減にしとき」

男は僕から手を離し、「すいません」と不服そうに言った。

「にいちゃん、俺の話聞いとったか？」

「何が」

「だからな、ホスト。やるやんな？」

二十二歳の秋、僕が就職留年を決めた日のことだった。

02　やまない黄砂

退院祝いなんだからもう少し奮発しようと提案したが、落ち着かないから近所のファミレスでいいと母は言った。落ち着かないからというのはただの口実で、なるべくお金を使わせないためにそう言ったのだろうけれど、僕としてもそう言ってくれるのを望んでいた。まだ八歳になったばかりの妹の芽々だけはファミレスへ行くことを素直に嬉しがっていた。

母は最も安いメニューを選んだので、僕もそれとあまり値段の変わらないものを頼んだ。注文してすぐ、ゼミを終えたばかりの恵がやってきた。「退院おめでとうございます」と言って、恵は母にプレゼントを渡した。

「気を遣わなくていいのに。この先あと何回も退院することになるんだから」と言いながら母が箱を開けると、中身はハンドタオルだった。

「こんな素敵なもの、使えないわ」

そう言った直後に母が咳き込んだのを見て、恵は「何かと便利だと思うので」と微笑んだ。

二年前に祖母が認知症を患い、母は三十年勤めた銀行の退職を余儀なくされた。いくらかあった預金と祖母の年金と母の退職金で介護士を雇うこともできたが、芽々にかかる今後の教育費も考慮して無駄な出費は抑えたい、と母は言った。そして祖母の世話をしながら内職で生活費を稼ぐという道を選んだ。祖母の認知症の症状は日に日に進行していったが、母は疲れを一切見せずに睡眠時間を削って家族を支えた。そんな母を少しでもバックアップするために自分もバイトの量を増やし、家事を手伝って妹の世話をした。一年と四ヶ月が経った頃、祖母の症状が急変し、そのまま自宅で息を引き取った。四十九日が過ぎると緊張の糸が切れてしまったのか、それまで元気だった母は少しずつ弱っていった。食事もあまり取らなくなり、さらに身体が弱って病気がちになった。このままではまずいと無理やり病院に連れて行ったところ、軽度のうつ病だと診断された。薬物療法を取り入れたが回復の兆しはなく、ひと月前、今度は風邪をこじらせて肺炎で入院した。免疫力が相当低下していたようで、医者は「まだ肺炎でよかった」と言った。

この二年、家族を守るために全力を尽くしてきた。しかし、思わずにはいられない。

もし母が元気だったら。父が生きていたら。自分は就活に成功していたんじゃないか。家族の面倒を見る時間、バイトをする時間、それらを就活に充てられていたら。

そんな最低な想像をする自分がまた嫌で、心のうちで己の頼りなさを責める。

母は入院したときよりは顔色がよくなったものの、激減した体重は元に戻ることなく、白髪も増えていた。うつが快方に向かっていることだけが、唯一の救いだった。

母のたらこスパゲッティと僕のシーフードドリアが運ばれてきても芽々はポータブルゲーム機でプレイを続けていた。「食事中はしない約束だろ」と言うと、「だって芽々のまだだもん」と反抗したので、無理やり彼女のゲーム機をしまう。芽々は涙目になったが、やがてハンバーグが運ばれてくると機嫌を直した。

「恵ちゃんが働く会社はどんなところなの？」

「旅行代理店です」

「母さんも知ってると思うよ。ＣＭとかめっちゃやってるし。すごい有名なところ」

「そんなところに受かったの、恵ちゃん。すごいわねぇ」

「たまたまですよ」

恵が頼んだステーキ御膳が運ばれてくる。

たまたま受かったのだとしたら、自分はたまたま落ちた、ということになるのだろうか。

「私が就職したら、ぜひ、うちの会社で旅行してください。格安プラン紹介しますから」

恵はどんな相手でも気兼ねなく話し、気も利くので、一緒にいてすごく楽だった。彼女に腹を立てることはほとんどなかったのに、すでに就職した気でいるのは鼻持ちならなかった。

「そうね、いつか行ってみたいわね。行くならどこがいいかしら」

「いいところたくさんありますよ。リゾートと観光、どちらが好きですか？」

恵が会話を盛り下げないように話を振り、母も盛り下げないように応える。一見スムーズな会話のように見えて、互いに気を遣っているのが見ていて痛々しかった。

僕が最後に旅行したのはまだ父が生きていた中学生の頃だった。せっかくのグアムだったのに雨季で天気はあまりよくなかった。それでも僕と両親は無理して海に入ったのを覚えている。しかし生まれてすぐに父を亡くした芽々は、海外はおろか、東京から出たことすらなかった。

「お兄ちゃんは？　ゲームの会社ダメだったの？」

芽々がそう言うと母も恵も急に黙ってしまい、気まずい沈黙がテーブルに漂った。

「そうなんだよ、うまくいかなくてさー、でもまた来年受けるつもりだよ」

どうにか気持ちを切り替え、僕はできる限り明るいトーンで返した。

「なんだー、お兄ちゃんがゲームの会社に入ったら、たくさんゲームもらえると思ったのに」

芽々が無邪気にそう言ったので、テーブルに少しだけ賑（にぎ）やかさが戻った。

「ごめんな、今度ほしいやつ買ってあげるから」

「本当に⁉　やった！　じゃあお兄ちゃんに芽々のハンバーグあげる！」

そう言うと、芽々は最後の一口だったハンバーグをフォークに突き刺して勢いよく僕の方に向けた。「お兄ちゃんがハンバーグ苦手なの知ってるだろ」と言うと、芽々は「わざとだよー」といたずらな笑みを浮かべ、そのハンバーグを頬張った。

就職先は名のある企業ならどこでもよかったが、芽々が喜ぶだろうと第一希望はゲーム会社にしていた。老舗（しにせ）のゲーム会社からベンチャー系まで全部で七社ほど受けた。しかし最終面接まで進めたのは採用試験を受けた全社の中で「ＤＤＬ」という会社一社だった。

「ＤＤＬ」は最大手のゲームメーカー「ＡＩＤＡ」の子会社で、主にスマホゲームを開発している。最近『ゴブリンインサイレンス』というＳＮＳと連携したゲームアプリが大当たりしたことで一躍有名になり、テレビのCMでもよく目にする会社だった。もともとは「AIDA」から選ばれた社員しかいなかったが、昨年から実験的に採用試験を始めた。

一社しか最終面接を受けていないため、その面接は僕の記憶にはっきりと刻まれている。面接でのやりとりはもちろん、面接官の顔も、一緒に面接を受けた人の顔も完璧に覚えている。あの中に内定者はいたのだろうか。

面接は自分としては満足な出来で、手応えは十分にあった。これ以上ないほどうまくやれたはずだった。それなのに不採用になったのが、どうしても腑に落ちなかった。そしてその思いは後悔よりも憎悪に近い感情へと育っていた。

自分を不採用にしたあの面接官たちを僕は絶対に許さない。彼らの顔を忘れることはない。夜毎彼らを思い出し、一人ひとりに呪詛の言葉を放つのはもはや日課となりつつあった。そんなことをしても何も変わらないとわかっているが、僕はどうにもやめることができなかった。

会計は僕と母で半分ずつ払うつもりだったが、恵は「今日だけはご馳走させてください」と言って聞かなかった。「プレゼントまでもらったのに」と母は食い下がったけれど、恵は強引に伝票を持ってレジへ向かった。

四人で家に帰り、リビングで少し話してからそれぞれシャワーを浴びて、母と芽々は母の寝室に、僕は恵と二階にある自分の部屋へと戻った。恵は何度もうちに泊まっているので、勝手はわかっていた。

部屋に入ると、恵は「これ、ありがとう」と言って僕に借りていた本をバッグから取り出し、棚に戻した。その本を貸していたことすらすっかり忘れていたが、恵が「すごい面白かったよ。また違うの借りていい？」と尋ねたので、僕は「あぁ」とそっけなく答えた。

「え、なんか怒ってる？」

「何が」

「なんか、怒ってる感じじゃん」

僕はベッドにうつぶせになり、ゆっくりと深呼吸した。

「なんかあるなら言ってよ」

「なんでお前が払うんだよ」

僕は目を閉じ、口だけを動かしてそう言った。

「みんなで割り勘でよかったろ」

「お母さんの退院祝いなのに割り勘っておかしいでしょ」

「だったら俺と割り勘でいいだろ」

「いいじゃん、払いたかったの」

僕は立ち上がり、窓を開けて机の引き出しにしまっていたラーク・マイルドを取り出した。

「やめてたんじゃないの」

就活を機に始めた禁煙はそう長くは続かなかった。

「当てつけみたいに、ステーキ食ってか。嫌味かよ」

「違うよ、みんなの注文知らなかったんだもん。確認しなかった私がバカだけど、お腹空いてたし。だから罪滅ぼしじゃないけど、私が払う方がいいって思ったの」

タバコの先端がゆっくりと焼けていく。

「つーか、俺ら旅行とか行く余裕ないからな」

「だからわかってるって。でも想像は自由でしょ。いつか行けるかもって話した方が楽しいじゃん」

「想像すると虚(むな)しくなるんだよこっちは」

根本的な部分が僕と恵はズレている。彼女は未来に希望を見ているが、僕たちの未来は黄砂の降る道を掃除していくようなものだ。掃いても掃いても砂が積もる。それでも僕らは手を休めることはできない。未来に希望を見る余裕なんてどこにもなかった。

「光太、ちょっとネガティブになりすぎだって」

窓から吹き込む風は乾いていて、肌に痛かった。恵は僕の正面に回り込み、窓枠にもたれかかった。

「じゃあ言わせてもらうけど、芽々ちゃんにあんなにゲームさせていいわけ？　家族ならもっとコミュニケーションとった方がいいと思うよ」

僕の吐き出した煙を夜陰が飲み込み、消し去っていく。

「あいつ家だとずっとひとりなんだよ。ゲームなきゃ寂しいだろ。わざとやらせてんだよ。話したくなったら話しかけてくるから、やりたいときはなるべくやらせてあげるようにしてんの」

「にしてもやりすぎだって。この時期が後の人生に影響するのに、このままじゃ」

「このままじゃどうなんだよ」

「私は芽々ちゃんに幸せになってほしいから」

「幸せとか、そういう実体のない曖昧（あいまい）なもんばっか追いかけた先に何があんの。今あいつはゲームしてて幸せなんだよ。俺があいつのこと一番気にかけてるし、わかってる。芽々のことは何も言うんじゃねぇよ」

　恵は怒っているとも悲しんでいるとも取れる強張った表情をしていた。ふと自分の中に湧き上がるものを抑えられなくなった。僕は窓枠の金具にタバコを擦り付け、恵の唇を吸った。彼女もそうすることでしか自分の感情を落ち着かせることができなかったのか、僕の舌に自分の舌を絡ませた。彼女の薄い頬の皮膚に内側から触れると、そのしっとりとした質感がまた僕を欲情させた。僕らは抱き合ったままベッドに潜り、窓から夜気がなだれ込むのをほったらかしにして互いを求めた。先ほどは痛いと感じた風もそのときはちょうどよく、湿った肌を優しく拭っていた。

　互いに満足し、そろそろ眠りにつこうとしたとき、ドアの方からノックが聞こえた。僕が扉を開けるとパジャマに身を包んだ芽々が枕を抱えて立っていた。

「どうした？」

「ママいると寝れなくて。今日こっちで寝たい」

　母が入院している間、芽々はひとりで寝ていた。それに慣れてしまったせいで、母が帰ってきて逆に落ち着かないのだろう。

「恵、いい？」

「いいよ」

小さなシングルベッドに僕ら三人は川の字になった。真ん中に収まった芽々は僕の方を向いて、胸のあたりの服をぎゅっと握った。そんな芽々の髪を恵はそっと撫でていたが、芽々が寝入ると恵も追いかけるように瞼を閉じた。

あの日、雫とそばを食べたあと、僕らは安い居酒屋で朝まで飲み続けた。彼は何度も「ホストになれ」と言った。就職試験に全て落ちたことを話してからは、さらにしつこくなった。しかし僕はその誘いに返事をしなかった。就職留年という現実をまだ受け止めきれていない状態で、ホストになるというのはあまりにも極端だった。それに雫がどれほど本気で言っているのかも摑みきれていなかった。

だけど気になるところもあった。生活費を稼ぐ方法を考えあぐねていた自分にとって、ホストは最適な手段かもしれなかった。雫は具体的な金額は口にしなかったものの、「俺の先月の給料は百万やそこらちゃうで。頑張ればすぐにそんな風になれる」と僕に言った。そこまでなくていい。一年分の学費と、就職するまでの期間、家族さえ養えれば問題はなかった。

とはいえ自分にホストが務まるはずもない。ホストに必要な能力を想像してみると、女性に好かれるルックスや愛嬌、コミュニケーション能力、客に合わせて態度を変えられる観察力と演技力、自己陶酔できる図々しさ、酒が強い、などの要素がざっと思い浮かんだ。自分がこの中で持っているのはそれなりに酒が飲めることくらいだった。そもそも僕は水商売をする人種を軽蔑していた。そこに通う客の心理も全く理解できなかった。

でも、僕には余裕がない。

充電していたスマホに手を伸ばし、ＬＩＮＥから雫の名前を探す。ためらいもあるが、それでも文字を入力していく。

――もう一度話がしたいから近々会おう――

送信するとすぐに既読になり、ＯＫ！というキャラクターのスタンプが届いた。芽々の好きなキャラクターだった。

03　エントリーシートと白いスニーカー

「そしたら『ティンカーベルの羽がもげてしまったんです』とか言うわけ！　だけど私はね、『でもいつかきっと生えてきますよ』とか言うのよ。偉くない⁉」

「俺ゲラやからそんなんすぐ笑ってしまうわ！」

　雫は精神科医だという客に調子を合わせて話をした。僕はあっけにとられながらも、雫が目配せするたびに客のグラスにシャンパンを注いだ。

「でもここにもそういうお客さん来たりするで。『私たちは前世で結婚すると誓っていました』とか」

　つけ慣れないベルトで落ち着かない。

「それで雫はなんて言ったわけ？」

「『もしかしてあの！』ってのってみた」

「さすが！　雫もなれるよ、精神科医」

「その子、めっちゃ常連になったしな。あっ睫毛落ちてる」

　そう言い切る前に、雫は細い食指で彼女の頰のあたりを、皮膚を摘まないように優しく触れた。それまで熟年夫婦のような雰囲気だったにもかかわらず、雫が指を伸ばした瞬間彼女は頰を紅く染めた。そもそも僕には頰に落ちた毛など見えなかった。雫の見事な振る舞いに都度感心し、シャンパンを入れ忘れることもしばしばだった。

「光也は？　なんかそんな話ないん？」

　会話についていくので精一杯だったが、何か言わなければと慌てて口を開く。

「えっと、妹が小さいとき『ここに来る前はどこにいたの？』って聞いたら『お母さんのお腹の中』って言ってました」

　女性は次の言葉を待っていたが、僕はそれだけで黙ってしまった。次の言葉を急いで探すも、出てこない。あたりの会話がやたら響く。

「そらそうやろ！　いや、でも小さいのにお腹にいたってわかってるのはすごいのか？　よくわからん話やな！」

「でもそうやって子供に前世聞くと答えることがあるのよ。そんな映画があったし」

　滞った空気は雫のおかげで再び流れ出した。俯くと、買ったばかりの白いスニーカーがやけに光っていた。

＊

——東新宿駅の近くにある稲荷鬼王神社の裏手に「チュベローズ」って看板があるその地下一階の店に明日夜七時　人に見せても恥ずかしくない服を着て来い——

薄いストライプの入った紺のスーツに身を包み、午後六時四十五分東新宿駅着の電車でそこに向かった。ＬＩＮＥで指示された場所にはピンクのネオン管で縁取られた「チュベローズ」という文字があり、八〇年代を思わせる古めかしいデザインはむしろ新鮮に感じられた。その雰囲気に足踏みするも、思い切って店の扉を押す。

初めに感じたのは花の香りだった。店内を見回すと、想像していたような華美なシャンデリアやどぎついＬＥＤなどはなかった。五十席ほどある店内は柔らかな間接照明に照らされ、木目調の壁紙に目を凝らすと、ところどころ花のデザインが混じっている。全てのテーブルにはガラス製のフラワーベースが置かれており、同じ白い花が飾られていた。きっとチュベローズの花なのだろう。

店内の男たちが一斉に振り向く。その中に立ち食いそば屋で僕が殴った男の姿もあった。スーツを着ている男はおらず、ニットやフーディー、カジュアルなジャケット、デニムと、皆ラフな格好をしていた。

「雫に呼ばれて」と言うと、ひとりが店の奥へと案内してくれた。革張りのソファに腰掛けていた雫は僕に気づくと、近づいて握手を求めた。こないだ会ったときよりも威厳を感じ、なるほどこれが人気ホストかと、彼の仕事ぶりも見ていないのにすでにそう思った。

雫に連れられてスタッフルームへ向かう途中、ひとりの老人を見かけた。ほくろともシミとも判別できないような黒い点が顔中に散らばっていて、白目の部分は黄色く濁っていた。雫は「パパ、おつかれさまです」と挨拶し、それから僕に小声で「あの方はオーナーの水谷さんや。今は挨拶せんでええ」と言った。

小部屋に入ると雫はそれまでのぴしっとした佇まいを解き、馴れ馴れしく「いやぁ、ほんまに来てくれて嬉しいわぁ」と言った。

「とりあえず、体験だから」

「わかっとるわかっとる。ほな、体験の仕事、説明するで。とりあえず、今日は俺の近くでリラックスして、楽しく会話をせぇ。グラスに酒がなくなったら、注いだり作ったりしてな。もちろん俺の分やで。光太は客に言われるまで注いだらあかん。源氏名決めよう。ホストのプライバシーを守るために本名は使えへん。なんかあるか？

自分の名前と遠すぎると最初の頃は呼ばれても気づかんから、ちょっとでも似せといた方がええ。光太の『光』は入れるべきやな。読み方変えて、みつ。みつ、や。みつや、はどうや。やは也(なり)って字な。決まり」

　ずいぶん勝手ではあったが、自分で決めるのは照れくさいので特に異論はなかった。

「ただ先に言っておくけどな、今日の光也を見て、ホストの資格がないと俺が思ったら、お前は二度と店で働くことはできへん。こっちも商売やからな。体験とはいえ、今日は光也の就職試験やて忘れたらあかんで」

　就職試験という響きが僕の胃のあたりをきゅっと締めつけた。

「変にドリンク取ろうとか、色っぽいこと言おうとかせんでええから、とにかくリラックスして話せ。あとは俺を見て勉強しぃ」

　リラックスして話すこと、それが一番難しいと就活のときに痛いほど感じていた。

「あとなぁ。スーツって。スーツはないわぁ。スーツ着てほしいんやったらスーツって言うしな。まさかスーツ着てくるとはなぁ」

「一番恥ずかしくない服、これだろ」

「俺はそれが一番はずいわ」

　雫は少し考え、財布から一万円札を何枚か取り出し、数え始めた。

「十万や。これで今から一時間以内に服買ってこい」

最も聞きたかったのは給料システムのことだったが、いきなり大金を差し出され、尋ねにくくなってしまった。

「万が一買ってきた服がダサかったら、光也には体験もさせへん。むしろお前とはもう会わへん。これは就活でいうところのエントリーシートみたいなもんやな。じゃあ、行け」

受け取った札束の感触は今まで知らないものだった。

店を出ると、僕はおもむろに走り出した。

新宿という土地柄アパレルショップはたくさんあり、何度か訪れた店もあった。そこでなら十万円で全身揃(そろ)うように思えたが、考えてみると今日店内で見かけたホストらの服装はラフではあったものの、安物という印象はなかった。チュベローズのホストは雫を筆頭に垢抜(あかぬ)けたセンスの人ばかりで、時代の残滓(ざんし)みたいな人間はひとりもいなかった。

ふと就活中にOBから何度も言われた言葉を思い出す。

自分の個性を伝えろ。

僕は思い切って高級ファッションデパートへ行き、黒地に袖(そで)がグレーのニットと白いスニーカーを買った。二点で九万六千円。内訳は二万円強と七万円。初めて見たレシートの金額に思わず手が震えた。買ったばかりのそれらにトイレで着替える。ジャケットを脱いでネクタイを外し、白いシャツの上にニットを羽織った。パンツはそのままで靴を履き替え、デパートを後にする。

靴が汚れないよう細心の注意を払いながら夜の新宿を駆けていく。チュベローズに着いたのはタイムリミットの五分前だった。

「ほぉ。てっきり全身買い換えると思っとったけど、まさかスーツを使うとはな。それなりに仕上がっとるやないか。ちなみに俺も同じスニーカー持ってんで。十万円渡して七万円のスニーカー買うなんて、なかなかの度胸や」

白いスニーカーは気にした甲斐もあってまだどこも汚れていなかった。

「合格や。ただそのベルトだけはいけすかんな」

そう言って雫は自分のパンツからレザーのベルトを引き抜き、僕に渡した。

「あとな、店では俺に敬語使え。この店でオーナーの次に偉いのは俺やからな」

八時になると同時に、店は一気に女性客で埋め尽くされた。

＊

十組以上の接客を終えてからもアフターに同行し、初仕事から解放された頃には午前三時を回っていた。飲み慣れないシャンパンのせいで気分が悪く、気疲れもあってくたくただった。ようやく帰れるかと思ったが、雫は「もうちょっと付き合え」と僕を連れて歌舞伎町を歩いた。

遠くからキン、キン、と金属音が一定のリズムで聞こえた。どこに行こうとしているのか察しがついたので「気持ち悪くて球打ちたくないんだけど」と伝える。

「なんでや、気持ち悪いときは汗かいた方がすっきりすんのに。まぁええ。嫌なら見とってくれ」

バッティングセンターに入ると、深夜にもかかわらず四、五人がバットを振っていた。空いている打席に入り、雫はバットを摑んだ。料金を入れるとまもなく球は打席めがけて飛んできた。雫は目一杯バットを振ったが掠(かす)めることもなく、ボールはネットに当たって転がっていった。僕はそれをネット裏から見ていた。

「うまくないのかよ」

「うまくないから練習しとんのや」

次のボールも空振りだった。雫のフォームは腰が引けていてがに股で、肩も上がり、全く様になっていなかった。

「どうやった？　体験やってみて」

「できる気がしないね」

「でも金、必要なんやろ」

二十球ほどしてようやく雫のバットにボールが当たったものの、跳ね返った先は真横のネットだった。

「金がほしくなきゃ、お前みたいなんが急に俺に連絡してこーへんもんな普通。すぐにいるんか？」

ようやくボールが正面に飛び、雫は「しゃっ」とガッツポーズをした。それで球切れとなった。雫がバットと一緒に財布から一回分の料金を差し出したので、ネットを潜って それを受け取った。バットのグリップは雫の熱が残っていて温かかったが、先端になるにつれて冷たくなっていた。

料金を入れるなり、マシンが重々しい音を発する。球を見定めバットを慎重に振る。芯に当たった球は弧を描いて前方へ飛んでいった。

「うまいんかい」

「中一のときに、ちょっとだけ野球部だった」

「それだけ？」

「そう」

次のボールはさっきよりも綺麗にまっすぐ飛んでいった。金属バットから伝わる衝撃が心地よくもあり、同時に痛みも感じた。球がなくなると雫はまた財布を取り出した。

「もう打ちたくないって」と言うと雫は財布の一万円札を数え始めた。

「ほら、十万や。今日の給料」

アルバイトの日当はいくら多くても一万円に届かなかった。こんなにもらえないと僕は言ったが、雫は「ええから」と金を突き出した。

受け取ったときのこの感触は、今日、そして人生で二度目だった。

日当十万。僕は瞬時に月給に換算していた。

すると雫は次に僕に手を差し出した。握手かと思い右手で雫の手を握ろうとしたが彼は「ちゃう」と僕の手を払った。

「洋服代や。あれ、あげたんちゃうで。貸しただけやから、ちゃんと返して」

混乱しながらも、僕は受け取ったばかりの十万円を返した。

「そうゆうこと」

彼はにやりと僕に笑いかけ、白い歯を見せた。その笑顔に僕も思わず笑ってしまった。

始発の時間になるまで僕と雫はバッティングセンターで遊び続けた。教えてほしいというのでいくつかアドバイスしたが、雫は一向にうまくならなかった。ただ、接客力の差に落ち込んでいた身としては、束の間(つかま)の優越感によってほんの少し自分を慰めることができた。

04　パーソナリティクライシス

時間になり外へ出ると、毛足の長いファーを首に巻いた派手な女性が柱に寄りかかってこっちを見ていた。雫が「あ、ミサキ」と小さく呟(つぶや)く。

「ほな、今夜も来いよ」

雫は彼女のもとへ駆け寄り、「ごめんごめん、あいつがどーしてもって言うからしゃーなしに付き合ったんや」とこっちを指差した。目が合ったので頭を軽く下げたが、彼女はそれには応えず手を挙げてタクシーを止めた。

二人が去っていくのを見送る。今夜も来いということは第一次試験合格ということでいいのだろう。空はまだ暗く、煮詰まったコーヒーみたいな夜だ、と柄にもなく脳内で描写する。すると不意に、後頭部にひどい衝撃を受けた。

地面に倒れ込むなり、何者かに手足を縛られ、そのまま黒いバンの中に担(かつ)ぎ込まれた。車内が暗いのと意識が朦朧(もうろう)としているのとで相手が誰かはわからなかったが、三人ほど人の気配を感じた。

車に揺られている間も身体(からだ)を蹴(け)られ続けた。十五分ほどして車が停まると、無理やり立たされて外へ突き飛ばされる。壁に腕と頭がぶつかり、痺(しび)れが全身に走った。

ぼんやりとした視界に浮かんだひとりは、雫と初めて会った夜に立ち食いそば屋で僕が殴った男だった。他に二人の男がいたが、どちらも今日チュベローズで働いていたホストだった。

「これは仕返しじゃねぇ。警告だ。雫さんに気に入られたとしても、あそこはお前みたいなのが来る場所じゃねぇんだよ」

彼の顔にはまだ痣(あざ)が残っていた。腹部にもう一発蹴りをもらうと、呼吸がうまくできなくなる。男は僕のお尻(しり)のポケットから財布を取り出し、免許証をスマホのカメラで撮影した。それから画面を僕の方に向けた。写っていたのは接客中の自分の姿だった。

「どうせ家族にも言ってねぇんだろ。お前の住所はわかった。もし、今日のことを雫さんにチクったら、全部バラしてやるからな。忘れんなよ」

そう言い残し、彼らは車に戻って去っていった。

人気(ひとけ)のない路地裏に取り残されたまま、僕はしばらくそこにいた。新調したばかりのスニーカーは汚れ、傷も入っていた。白み始めた空を、数羽のカラスが横切っていく。

帰宅した頃には午前八時を回っていた。玄関を開けると芽々は学校へ行くところだった。

「こんな時間まで遊んでたの？」

ホストに撮られた写真が頭に浮かぶ。

「仕事だよ。大人は大変なの」

ランドセルがちゃんと閉まっていなかったので直してやると、「行ってきます」と元気よく玄関を出ていった。

母はダイニングテーブルでひとり朝食をとっていた。

「あら、おかえり。こんな時間までどうしてたの？　ご飯食べる？」

シンクに洗い物がたまっていたが手伝う気力はなかった。

「もう来年の就職は無理だからさ。おとなしくバイトを始めようかと思って。今日は研修だったんだ。ご飯はいらない」

「どんなバイトなの？」

「飲食店だよ」

母にも本当のことは言えなかった。思った以上にこの仕事のことを後ろめたく感じているのだと、そのときになって実感した。

「相談なんだけど、芽々がね」

母は少し言いにくそうに話を始めた。

「塾に行きたいって言うの。中学受験したいんだって」

芽々には一切習い事をさせてこなかった。彼女は割と器用で、どんなことでもそれなりにこなせた。その分、特別に何かに打ち込みたいという意欲や野心がなかった。自分も似たような性格なので、芽々の気持ちは理解できる。だけど、なぜ今になって。

「だとしてもまだ進学塾は早くない？　だいたい四年生とか五年生からじゃ」

「私もそう思ったんだけどね、今から勉強すれば他の人を出し抜いていい学校に行けるって言うのよ。そんなことこれまでなかったからできれば行かせてあげたいけれど、中学受験ってどれくらいの費用がかかるのかしら」

母の口ぶりは優しかったのに、責められている気分になる。光太が新卒で就職を決めていればもう少し余裕ができたかもしれない——そう聞こえてしまう。

スマホで「中学　費用」と検索し、検索結果を閲覧していく。

「来年から通うとして、四年間でだいたい二百五十万円くらいみたい」

この家にいくらあるかはあらかた想像がついている。多少の手当をもらっているとはいえ、今後の学費などを加味すると、現時点では毎日を生きていくだけでいっぱいいっぱいで、塾の授業料どころか入会金を払うのもままならない。来年に就職したとして、その後の月謝はなんとかなったとしても、いざ私立に通わせるとなればさらに学費が必要になる。

「そんなお金、どうしたらいいの」

昨夜手にした十万円の感触が蘇る。あれが二十五束あれば。一夜であの金額なのだから、一ヶ月頑張ればおよそ四年分の費用が手に入る。芽々は進学塾に通える。そんな単純計算が頭の中を駆け巡る。と同時に、殴られた後頭部がずきんと痛む。

そのときになって母が食べていたのは芽々の食べ残しだと気づいた。食器もコップも、芽々専用のものだった。窓から差し込む朝日に照らされた母はくたびれていた。

「どうにかなると思う。始めたバイト、割と羽振りよくて。行かせるとしても、来年の四月とかだろ？　それまでに二百五十万貯めてみせるよ」

母の顔は一瞬明るくなったが、すぐに「でも飲食店なのよね？　そんなにすぐには難しくないかしら」と言って顔を背けた。

「いや、大丈夫。当てはあるんだ」

「危ない仕事とかじゃないわよね？」

「平気だよ。信じて」

太ももをつねって痛みをごまかしながら、僕は母にそう言った。

ベッドに入ると吸い込まれるように眠りに落ちた。起きたのは夕方の五時だった。シャワーを浴びて、クローゼットから慎重に服を選んでいく。髪型も遊びすぎない程度に整え、支度をして玄関を出ると芽々の姿が見えた。歩きながらゲームをしている。

芽々、と呼びかけると顔を上げて手を振った。

「歩きながらはだめだよ」と言うと、ゲームをしまって「はーい」と返事をした。

玄関先で聞くのもどうかとは思ったが、昼夜逆転の生活になると思うと話せるときに話しておくべきだった。

「芽々、どうして塾に行きたいの？」

彼女はしばらく黙ってから「頭よくなりたい」と言った。

「担任の先生に、どうしたらお金持ちになれますかって聞いたらね、たくさん勉強して頭のいい人になりなさいって言ったの。だから今からいっぱい勉強したいの。中学受験すれば頭のいい人がいっぱい集まるんだって。そしたらきっと、もっと頭よくなるから」

西日に照らされた芽々の瞳が、まっすぐ僕を見る。

「仕事、行ってくるよ」

そう言って芽々の頭を撫でた。

「本当にお仕事？」

「仕事だよ。明日も遅くなるかもしれないから、何かあったら電話して。お母さんのこととかね。それで、もし俺が出なかったら恵に電話して。いいね」

稲荷鬼王神社が見えてきたあたりから、頭の中にニューヨークドールズの「パーソナリティクライシス」が流れた。チュベローズの扉を開けると、三十人のホストたちがエントランスに集合していた。開店前のミーティングだろう。僕をさらった三人もいて、苛立たしげに互いを見合った。他の男たちも僕を歓迎しているようには見えな

だった。彼女は真冬というのにその日も華美で露出の多いドレスに身を包み、この間見かけたときよりもさらに毛足の長いファーを首から垂らしていた。大人っぽい雰囲気を帯びてはいるものの、まだ成熟していないあどけなさもあった。年齢も僕や雫とそう変わらないように見える。

「雫さんじゃなくていいの？」と尋ねると、彼女は「いいのいいの」と言って細長いクラッチバッグからタバコを取り出した。火をつけようとライターを差し出したが、彼女はそれを手で制した。よく見るとそれは電子タバコだった。

「雫とはいつでも会えるから」

　雫と彼女が親密なのはバッティングセンターで会ったときにわかった。ただ、それがホストと客としてなのか、私的な関係なのかはいまいち見分けがつかなかった。

「ここ入ってどれくらい？」

「一ヶ月くらい」

　客に敬語を使うな、というルールもすっかり身体に染(し)み付いていた。

「光也の話はよく聞くよ」

　電子タバコの吸い口についた発色のいい紅色は、彼女の気の強さを表しているようだった。

「なんて？」

「面白いし、なかなか頑張ってる、見込みあるって」

雫はミサキを気にしていないような態度を装っていたが、ちらちらとこちらに視線をよこして気にかけている。

「そんなことはない。指名だってこれが初めてだし」

僕はいまだうまくできない笑顔を浮かべ、「ご指名ありがとうございます」と唯一許された敬語を改めて言った。

「え、そう？　指名もあるって言ってたけど」

「それって」

亜夢、と口にしかけたが、すぐに引っ込める。

「まぁ、誰でもいいか。正直、指名相手は誰でもよかったんだよね。光也って名前は聞いたことあったし」

あまりの手応えのなさに拍子抜けしてしまったが、ミサキが「シャンパン」と言うと気分は一気に明るくなる。

「聞いてる？」

売り上げの四〇％ということはつまり、と計算しているうちにミサキの言葉は耳の手前でこぼれ落ちていた。

「ごめん、もう一回言って」

「だからさ、私のお願い、聞いてほしいわけ」

ボーイがシャンパンをグラスに注いでいる間、ミサキは黙っていた。そしてボーイが去るなり、再び口を開く。

「まずひとつは、雫の動向を常に探ってほしい。それと店の状況、順位とかそういうのを私に教えて。電話したらどんな時間でも必ず出ること」

「多いなぁ。店の状況とか、雫さんに直接聞けばいいだろ」

「あのね」と呆れたようにミサキは背もたれに寄りかかった。

「聞けないから頼んでんの。いい？」

指名が次々入っているのか、亜夢が店内を行ったり来たりしている。目が合うと親指を立ててウィンクしてきたので、自分も親指を立てて返した。

「それって、俺にメリットはあんの？」

ミサキが長い髪を右にまとめると、香水のにおいがふわりと漂う。

「光也をナンバースリーくらいまでにはしてあげる」

「冗談でしょ」

自分の不甲斐なさを嫌というほど自覚させられている身としては、はったりにしか聞こえない。

「本当だよ、指導は厳しくいくけどね」

彼女の提案を渋ったのはその言葉が信用できないだけではなかった。あのバッティングセンター以降、雫と話す機会はほとんどなかった。接客で忙しいのはもちろん、雫は続々と入ってくる新人たちのケアにも追われていた。仕事終わりのアフターに僕を誘うことはあまりなかったが、亜夢とはよく行っていた。自分がこの契約に適しているようには思えなかった。

ミサキはコンパクトを取り出し、「わかった」と言ってパフで鼻柱を撫でた。

「三ヶ月で、絶対に五位以内にしてあげる」

現時点で在籍しているホストは四十名ほどで、自分はその最下層にいる。同時期に入ったにもかかわらず急激に売り上げを伸ばしている亜夢ですら十二位だった。五位までのメンバーはほぼ固定で、それらの看板ホストたちにわずか三ヶ月で自分が食い込めるとは到底考えられなかった。

「約束するから」

不思議と説得力がある。迷いながらも「もしそれでダメだったら、俺はミサキの頼みは聞かないよ」と応えると、彼女は得意げに睫毛をバタつかせ、グラスに口をつけた。

「なんだ、私の名前知ってるんじゃん」

ミサキは名刺を取り出し、電話番号を書いて差し出した。

「今日、終わったら連絡して。近くで待ってるから。それと雫に何話したか聞かれたら『ただ店の様子を見にきただけみたいで大した話はしてない』って言ってね」

首を縦に振ると、ミサキは「じゃあチェックで」と言った。

「お客様のお帰りです」

ボーイにそう告げる。いまだに言い慣れないフレーズだけれど、照れはずいぶんとなくなった。

閉店間際（まぎわ）、やはり雫はミサキのことを尋ねた。ミサキに言われた通りに答えると雫は大きく舌打ちをし、「抜き打ちテストみたいなことすんなや」と呟いた。

「雫さんは、このあとどうするんですか」

雫に敬語を使うことにも違和感がなくなっていた。

「アフターや、亜夢と一緒にな。光也も来るか？」

「いえ、今日は自宅で用があって」

雫はまたも舌打ちをし、「もたもたしとったら足切りにあうで。そない時間ないねんから、あんまりチャンス逃すなや」と言い放った。足切りとは、三ヶ月間売り上げを出せず最低保障金額のみの成績だった場合、強制的に店をクビになるというシステムを指す。

確かに時間はなかった。けれど雫もまた、何かに焦(あせ)っているように見えた。

スタッフルームで帰り支度をしていると、奥にあるホスト専用トイレ――通称オアシスから亜夢が戻ってきた。いかにも吐いたばかりといった面持ちで、もともと垂れた目尻をさらに垂らしている。

「今日三回目」

しんどそうに亜夢はロッカーからアクエリアスを取り出して、狭い廊下にしゃがみ込んだ。他の人相手だとあまり口を開かない亜夢だが、なぜか僕に対しては積極的に話しかけてきた。僕もそんな彼にいつしか心を許すようになっていた。

「アフター大丈夫なの？」

亜夢は狭い廊下にしゃがみ込んで、「でも行かなきゃ」と手にしていた飲みかけのアクエリアスを一気に飲み干した。同じようにしゃがみ込んでいるホストが他にも五人ほどいた。

ホスト業が体力勝負だとは知らなかったと、ここに入った誰もが思う。基本的に開店の八時から深夜一時過ぎまで飲みっぱなし、限界が来たならオアシスで吐いて再び戻る。潰れてしまうホストも少なくないが、その間の給料は発生せず、無駄な時間を過ごすだけになる。つまりホストに大事な要素のひとつは、酒が大量に飲めて、吐いてもすぐ飲めることだった。華奢で酒も強くない亜夢は自分の指名の数と体力との塩梅がまだ摑めておらず、吐いてもすぐに立ち直れない体質も本人の資質を邪魔していた。僕はというとその点は問題なく、ヘルプで大量に飲まされてもここのところは吐くこともほとんどなくなった。けれどその恵まれた体質を報酬に活かす機会は少ない。

ロッカーに常備してあるヘパリーゼを渡すと、亜夢は頼りない声で「ありがとう」と言った。亜夢はヘパリーゼも一気に飲み干し、お腹を反時計まわりに撫でた。

「明日は暇？」

明日は店に清掃業者が入るためチュベローズは休みだった。クリスマスイベントや年末年始の営業で店が慌ただしくなる前に一度店を綺麗にするのがここの慣例らしい。

「空いてるよ」

「じゃあさ、もし暇なら遊びいかない？」

休日に誘われたのは初めてだった。決して嫌ではなかったが、ここのところ会えていない恵のことが引っかかっていた。ただ、ミサキと交わした約束もある。雫の動向を探るなら、亜夢との関係を良好にしておくことが必須だ。雫に言われたばかりの「あんまりチャンス逃すなや」という言葉も響いていた。

迷った挙句、僕は亜夢との時間を優先することにした。

「よかった。なら夕方六時くらいから空けといて。飯でも行こうよ」

返事をして、僕は店を後にした。階段を一段ずつ上がっていくたびに自分が異世界から現実に戻っていく気分だった。吹きすさぶ寒風が気だるい酔いをさらっていく。

ミサキに電話する前に恵に電話をかけた。電話に出た恵の声はいかにも寝起きといった感じだった。

「ごめん、起こした？」

「ううん、平気」

黒ずんだネズミが突然現れて足元を走り抜けていったので、思わず声を出して飛び上がった。

「ごめんごめん。明日なんだけどさ、最近会えてないし久しぶりにどうかなって思ってたんだけど」

「うん」

「ちょっと予定が入ってダメになっちゃったんだ」

恵が笑う。

「最初からダメなのに、なんでそんな話をしたの？」

「そうなんだけど。恵のことを思ってはいたってことは伝えたかった」

恵はまたも笑った。

「私も明日はサークル仲間とディズニーに行く予定だから、気にしなくていいよ」

「そっか、どっちにしてもダメだったんだな」

さっきのネズミが何かをくわえて戻ってきた。

「来週か再来週の日曜日、もし時間が合えば会おう」

電話を切り、続いてミサキにかけた。ミサキが待ち合わせに指定したのは代々木にあるバーだった。ひと駅離れているのはチュベローズの関係者に見られるのを避けるためらしい。店の住所は自分で調べろと言うので、電話を切ってネットで検索する。

そのときになって、ネズミのくわえていたものが何かようやくわかった。それは自分よりひと回り小さい同種のネズミだった。前肢(まえあし)はもげ、内臓が飛び出していた。一心不乱に食(は)むネズミの姿を、僕はしばらくの間眺めていた。

06　レモンの甘み

亜夢は牛タンの片面を焼き、刻んだネギをのせて僕のレモン汁の入った器によそった。口にすると、さっぱりしたタンの脂がネギの辛みと絡み、舌先に残った旨味を感じるとともにレモンの爽やかな香りが抜ける。焼き加減も絶妙で、食べ放題の安い肉のはずなのに感動した。

「知ってる？　レモンひとつにはレモン四つ分のビタミンCが含まれてるんだって」

「は？　意味わからないんだけど」

「よくあるじゃん、『○○にはおよそレモンいくつ分のビタミンCが含まれています』っていう栄養量の言い方。その基準でいくと、レモンひとつには四つ分のビタミンCが含まれてるんだって」

「じゃあ、その基準が間違ってるってこと？」

「基準は果肉のみの計算で、果実全部だとそうなるってことらしいよ」

「なんたる矛盾だ。世界はかくも矛盾に溢れているのか！」

ふざけた会話と軽い酔いに身を委ねたい。けれど亜夢から聞き出さなければならないことがまだある。酒を飲むたびに昨日のミサキの顔が頭をよぎった。

＊

代々木のバーでミサキと合流し、それぞれジンリッキとノンアルコールのカクテルを注文すると、彼女は雫との馴れ初めを話した。

ミサキと雫は高校生の頃に地元の群馬で出会った。二人はすぐに男女の関係になり、卒業と同時に東京を夢見て一緒に上京したが、お互いどんな仕事をしても長続きせず、二十歳を過ぎて水商売を始めることになったそうだ。

「でも雫は関西弁じゃん。生まれがそっちとか？」

「生粋の群馬人だよ。私も彼も」

あまりの驚きに思わず自分のグラスを倒してしまった。

「じゃあ、どうしてあんな喋り方なの？」

「お世話になった人からうつったの」

「そんな風邪みたいな言い方」

「嘘でしょって感じだけど、もう戻らないって言ってた」

雫の摑みどころのなさに、軽く目眩がした。

「光也も知ってる人だよ。パパ」

パパとはチュベローズのオーナーである水谷の呼称で、全従業員が彼のことを親しみと畏敬を込めてパパと呼んでいた。しかし水谷が話しているのを一度も見たことがない僕からすれば、彼の関西弁はぴんとこなかった。

「私も雫も水商売はちょっと遊びくらいの気持ちで始めたんだけど、意外にも向いていたのよね。それまで何をやってもダメだったのに、雫はチュベローズでどんどん人気になって、ナンバーワンになるまで半年もかからなかった。私も店ではそれなりに指名をもらえるような感じで。それがまた楽しくてさ。一年も続けばいいと思っていたのに、気づけばそれから三年。本当にこの仕事が好きなんだよね、私たち。だから今の状況に不満はない」

ミサキはゆっくりと俯く。

「ただ、そうもいかなくて」

そして撫でるように、下腹部に手を当てた。

「まさか」

「三ヶ月」

電子タバコなのも、店のシャンパンにあまり口をつけなかったのも、今ノンアルコールのカクテルを飲んでいるのも合点がいった。

「この仕事をしながら子供を育てていくのは難しい。私はもちろんだけど、雫もいつまでこの調子が続くかわからないでしょ。だったら早く独立して今よりも稼ぎながら、ついでに経営のことも学んでいくべきなの。お金が貯まったらきっぱり足を洗って田舎暮らしとかでもいいんだし」

自分のレベルの売り上げではそれほど感じないが、人気のホストたちが売り上げに対する報酬比率の低さを嘆いているのを聞いたことがある。もしかしたら一見羽振りのいい雫も、そのように感じているのかもしれない。

「だからさ、光也には早く売れてもらわなきゃ困るわけ」

「なんでそうなるんだよ」

「雫の代わりが生まれないと辞めさせてもらえないから」

雫は水谷に独立を相談した。その際、雫以上の売り上げを出す人間が三名いれば辞めていいと言われたらしい。そんな条件は飲まずに逃げてしまえばいいとミサキは言ったが、世話になった水谷に恩を返すのが筋だと雫は応えた。

「でもそれってかなり厳しくない？　現状ひとりも」

「そうなの。だから今躍起になってスカウトしたり、真剣に後輩を育てたりしているの」

雫が何かに焦っているのも、新人をたくさん採用しているのにも合点がいった。僕と亜夢も含め、雫は手当たり次第に声をかけている。最近亜夢とよくつるんでいるのも、見込みがある彼に期待し、教育しているからなのだろう。

「雫には内緒にしてっていうのはなんでなの」

「男ってそういうの嫌がるじゃない。女がでしゃばるの」

ミサキがグラスに口をつけるたび、桃とライムの香りがほのかに漂った。

「今日行ったのは、ちょっとプレッシャーをかけるためだったんだけど。もしかしたら心変わりするかもしれないし。だから光也には雫のことを見張っていてほしい。そして店の売り上げも逐一教えてほしいの」

今日は亜夢とアフターに行くと言っていた、とミサキに伝えた。

「つまり俺をそのうちのひとりにしてしまおうと？」

「そう」

「俺に雫を超えることはできないよ。比べものになんない」

入店して以来、雫の才能には目を見張るものがあった。客一人ひとりの情報を正確に記憶する力、会話術から距離の詰め方、ザルな体質、どれをとってみてもホストになるべくして生まれてきたような男だった。同性とはいえ隣にいるだけでまるで魔法にかけられたみたいに気持ちよくなってしまう。天職とはまさにこういうことを言うのだと思った。

「どうしてそんなに悲観的なわけ？　光也だってどうせお金目当てで雫の誘いにのったんでしょ？　売り上げ伸ばせばみんなハッピーなんだから、黙って言う通りにして」

それからミサキはいくつかの作戦を述べたが、どれもとてもシンプルなものだった。休みはとらずにチュベローズに出向き、ヘルプについたときに積極的に会話に参加する。そして相手が目線を逸らすまでじっと見つめ、あわよくばボディタッチをすること。会話の主導権は自分が握り、常に自分のペースに引き込む。

「人を人と思わないで。ただの客。ただの金。光也はそういう最低な人間を演じればいいの」

「できるかな、そんなこと」

「中途半端な優しさとか慈しみたいなのを持ってると苦しむのは自分だからね。客が風俗で働こうがヤクザから金借りようが万が一死のうが、知らんぷりできる強さを持って」

強さは鈍さである、と誰かが言っていたのを思い出す。

「ホストにはまりそうな人を見つけたら送り込むから。光也はそれを必ず指名まで持っていって」

＊

亜夢はコチュジャンを醤油ダレに溶かしながら僕の質問に、「昨日？　雫さんとアフター終わったのが三時くらいで、僕の始発まで一緒にバッティングセンターにいたよ」と答えた。焼き終えたカルビをタレに浸して頬張ると、嬉しそうに笑った。その間に「昨夜、アフター後バッティングセンター　亜夢より」とスマホに打ち込み、ミサキに送る。

亜夢は学年でいうと僕よりふたつ下で、九月に成人したばかりだった。あどけなさの残るその顔は見ていて飽きなかった。

「レモンっていちごと糖度変わらないんだって。それってすごくない？」

「嘘つけ」

「ほんとなんだよ。レモンの酸味がさ、甘みを消しちゃってるんだ。そういうのって人にもあるよね。本当はスウィートな人なのに、酸味が前に来ちゃって損してるみたいなさ」

「レモンを悪いものみたいな言い方するなよ、レモンがかわいそうだろ」

亜夢がカルビをレモン汁につけて口に運ぶ。

「そうじゃないけど、やっぱりカルビはタレだよね」

煙が吸気口へと伸びていく。それはどことなく、バベルの塔を思わせた。

「亜夢はなんでこの仕事を選んだの？　こんなことしなくてももっといい仕事がありそうなのに」

吸い込まれていく煙に亜夢はふぅと息をかける。

「証明、かな」

「何に対しての？」と聞くと、亜夢は焼肉の皿に付け合わせとしてのっていた人参を網の上に置いた。

「最近、また地震が多くなってきたでしょ」

輪切りにされた人参は水分を奪われ、歪んだ形に変化していく。

「しょっちゅう地震を感じてるとさ、地震じゃないのに揺れてる気がすることってあるじゃん」

「あるな、そういうとき」

肉の脂が炭に滴（したた）り、じゅぅと大げさな音を立てた。

「小さいときからずっとそんな風なんだ。地面がぐらぐらしてるのか、自分がぐらぐらしてるのか判断できなくてさ。そういうのを正すためにはね、チュベローズで結果出して、人から求められているってことを証明するべきだと思ったんだよね」

何が言いたいのかわからない。それでもどうにか彼の意図を感じてあげたいと思い、じっと亜夢を見つめる。彼は煙を見つめているようで、その先の遠いどこかを眺めていた。しばらく沈黙があって、「わからないと思うけど、本当のところ、僕もよくわかってないんだ」と言って人参を齧（かじ）った。

「光也はなんでこの仕事を始めたの？」

家族のために金が必要だが就職試験に失敗してしまい、途方に暮れていたところを雫がスカウトしてくれた、と僕は言った。それから、就職のために留年するのでその間だけホストをすることにした、と付け加えた。雫以外誰にも話すつもりのなかったことを言ってしまったのは、彼なら信用できたからだ。自分としても全て話して楽になりたかった。

「そっか。たくさん稼げるといいね」

亜夢はそれだけ言って、優しく微笑んだ。

会計になると亜夢が、お金がないから今日のところは借りられないかと僕に言った。楽しかったからおごるよと言ったが、大変な思いをしているのに光也に払ってもらうわけにはいかないと言ってきかなかった。七千円ほど払って、次にカラオケに行った。安いレモンサワーをそれぞれ十杯は飲み、そこも僕が立て替えた。チュベローズより質の悪い酒にもかかわらず、僕らは働いているとき以上に飲めた。吐くこともなかった。とはいえ帰る頃にはすっかり酩酊していて、僕らは肩を組まないとまっすぐ歩けなかった。

駅に着くと亜夢は、「楽しかった、またこんな風に遊びたいね」と言った。僕は素直に嬉しくて、「おう、必ずな」と親指を立てた。

そのとき亜夢の手にしていたスマホが鳴った。画面を見るなり、酔いが覚めたように真顔になる。

「ちょっと急用ができちゃった」

彼の様子が気になったが、何も聞かなかった。どんなに親しく信用できる間柄でも越えられたくない一線がある。

彼とは別の路線だったので、先に亜夢を見送った。「また明日、店で」と改札を抜けた亜夢は、見えなくなるまで何度かこちらを振り返って手を振った。僕も返して手を振った。その夜、亜夢はチュベローズの金を持って失踪（しっそう）した。

07

胎動

亜夢と飲んだ翌日、チュベローズの扉を開けると猛烈な怒号が耳に入った。聞き慣れない声に躊躇しながら中に入ると、水谷が雫を激しく罵倒していた。

「いくらかわかっとんのか⁉ お前の腸売っても足りひん額やぞ。どないすんねん、あぁ」

雫は俯いたまま、しきりに「すいません」と言って頭を下げた。近くにいる従業員たちは直接怒鳴られてはいないが、その場から動くわけにもいかないようだった。

「しばきたいとこやけど、お前をしばいてもなんにも変わらん。せやけどな、きっちり責任はとってもらうからな」

雫は瞬時に水谷の目を見上げて何か口にしようとしたが、強引に飲み込んだ。次々と店にやってきた従業員たちが「どうした？」と尋ねたが、僕は首を傾けることしかできなかった。遠くでざわついていた僕らに腹が立ったのか雫はこっちを強く睨み、

「うるせぇ！　早く全従業員を呼び出せ！」と叫んだ。

一時間ほどするとほとんどの従業員が店に集まった。いなかったのは予定があって休みを取っていた人と体調を崩して自宅待機している人、そして亜夢だった。

「昨晩」

前に立った雫が全員を眺め渡して口を開いた。近くのソファに水谷が脚を組んで座っている。

「店の金庫にあった金が盗まれた」

あちこちで小さなざわめきが起こる。

「防犯カメラに映っていたのは亜夢だった」

誰も雫が関西弁でないことには触れなかった。

「あいつは店の金を持ち逃げして失踪した。携帯はすでに解約されている。みんなであいつを捜し出してほしい。今日は店を開けない」

周囲から小さな舌打ちや「ふざけんなよ」という声が漏れた。自分も本日の売り上げがないことにがっかりしたが、それ以上に亜夢が金を持ち逃げしたという事実を受け止めきれていなかった。

「あの」

以前僕を殴ってきた男のひとりが手を挙げた。彼はこっちを見て、「昨日、光也が亜夢といるところ見たんですけど」と気だるげに言った。

雫は眉間に皺を寄せ、「本当なのか」と僕に声をかけた。あたりから冷ややかな視線が向けられる。

「はい、昨晩は一緒にいました」

やましいことはないので正直に言ったが、疑いの眼差しが強まったのを感じる。

「何か知っているか？」

お前も共犯じゃねーの、誰かが言った。

「昨晩は特に変わった様子はありませんでした。今日も店に来るようなことも言っていました」

帰りがけの着信と真顔が浮かんだが、ここでは黙っておいた。

犯人が戻ってくるわけねぇだろ、とまた誰かが言う。

「わかった、光也は残って話を聞かせろ。あとのみんなはすぐに捜しに行け。このことは誰にも漏らすな。もちろん警察にもだ。店の信用に関わるからな。口外した人間はクビにする。それだけでは済まない。容赦はしない」

従業員たちは重い足取りで外へ向かう。

僕は雫にスタッフルームへと呼び出された。水谷が後ろからついてくる。水谷が部屋の鍵を閉めると、雫は僕の胸ぐらを両手で摑んだ。

「本当に何も知らないんだろうな」

息苦しくてむせたが、雫はその手を緩めなかった。

「知らないって。昨日はいつも通りだったし、俺はまだ亜夢がやったって信じてない」

雫は手を離し、デスクのノートパソコンを開いて画面をこちらに向けた。咳き込みながらそれを見る。四分割されたモニターには亜夢が店に入るところ、金庫を開けるところなどが映し出されていた。服は昨日と同じで、時間は午前一時二十分だった。

「これでも信じられないか」

信じられないというより信じたくないというのが本心だったが、手際よく金庫を開けた男は紛れもなく亜夢だった。しかし、彼がどうして金庫の番号を知ってる？

「お前が亜夢と別れたあとか？」

「この時間の表示が正しいなら俺と別れた二時間後だ。酔っ払ってたけど、乗った電車の時刻は覚えてる。間違いない」

雫はデスクの椅子に腰掛けて髪をかきあげた。

「どんなことでもいい。少しでも変わったことがあったら、教えてくれ」

「帰るとき、誰かから電話がかかってきてた」

水谷は少し離れた扉に寄りかかっていた。その異様な威圧感はやけに僕を刺激した。

「亜夢はその着信を見て、急用ができたって言ってた」

ほぉ、と水谷が口を開いた。

「共犯者がおるっちゅうことやな。雫」

雫は立ち上がり、「もしかして俺を疑ってるんすか」と慌(あわ)てた。

「その可能性がないってなんで言えんねん」

水谷の濁った瞳(ひとみ)は爬虫類(はちゅうるい)に似ていて、目を逸らせない魔力のようなものがあった。

「ありえません、自分がそんなことするはず」

「じゃあなんであいつが鍵持っててん」

「それは」

まるで非行がばれた中高生のように雫は小さくなった。

「おとといアフター終わりに、あいつが忘れ物したって言うから鍵を貸したんです。それで……あさって持ってきてくれたらそれでいいって」

「この腐れどあほうが。そんときから持ち逃げするって決めとったんや。そんなことも気づかんかったか。そんななんにも見えへん目ん玉、いつでもわしが潰したるで」

「すいません」

雫が土下座をしたが、それは見ないようにした。しかし水谷が雫の肩のあたりを踏みつけたのが目の端に入る。

「とりあえずお前がこの金を肩代わりせえ。こないだの話はそれからや」

こないだの話というのはおそらく、ミサキが言っていた独立のことだろう。

「パパ、それは何年かかったって」

水谷が重心をぐっと雫の肩にかけると、うっ、と声にならない声がかすかに聞こえた。

「立て。ほんで明日から今まで以上に稼げるように営業せぇ。わかったら行け」

立ち上がると雫はそのまま部屋から出ていった。垂れた前髪が枯れた柳のようにみすぼらしかった。

部屋に残った僕は水谷を前にどうすべきかわからず、動けないでいた。すると彼は
「にいちゃん、名前は」と尋ねながら、先ほどまで雫が腰掛けていた椅子に座った。

「光也です」

「源氏名ちゃう、本名や」

水谷が前かがみになって両肘を膝にのせる。オールバックの頭髪は黒かったが根元のあたりは真っ白で、透けて見えた頭皮には顔同様にシミがたくさんあった。

「金平光太、です」

「そうか、わしのことはパパと呼びぃ」

水谷はにやりと黄ばんだ歯を見せ、僕がそう呼ぶのを待った。

しかし実の父が頭をよぎり、声が出ない。抵抗するつもりはないのに、身体が反応せず、もどかしい。

次第に水谷の額に皺が寄る。焦った僕は、自分の太ももを気付かれないようにつねった。

「はい、パパ」

ようやく出た声は緊張で震えていた。

「せや」

水谷は満足げだった。

「ほんで、お前が共犯者なんか」

どのように説明したところできっと疑いは晴れないし、話せば話すほど怪しまれるに違いない。なんと答えるべきかまごついていると、水谷は「冗談や」と低い声で言った。

「お前は白やな。雫も白や。全部わかっとる」

霊的な、俗世の人間にはない気配が水谷を包んでいた。

「亜夢は見つかる思うか」

「いえ、見つからないと思います」

「せやな。わしもそう思うわ。捜しても無駄や。でもな、捜させなあかん。そして見つけたことにせなあかん」

そう言うと水谷は立ち上がって誰かに電話をかけ、「金の手配、よろしく頼む」と言った。電話を切るとスーツの内側のポケットから帯のついた札束をひとつ僕に差し出した。

「これから起きることの口止め料や。とっとき」

水谷は僕の手を摑み、それを握らせた。それから僕の耳元で「頑張りや」と囁いた。これほど優しく恐ろしい声を、僕はいまだかつて聞いたことがない。

「雫を呼んでこい」

フロアにいた雫をスタッフルームに呼び戻すと、水谷はターボライターで葉巻に火をつけ、紫煙を燻らせた。

「今から言うことは三人だけの秘密や。明日、亜夢は見つかったことにする。金も無事や。そして亜夢は」

部屋に充満していく煙が、昨日の焼肉屋を思い出させた。

「死んだことにする」

水谷の手は皺だらけだが、皮膚から透けて見える筋肉には生命力が漲っていた。

「そしてこの店を仕切り直す。もちろん雫、お前の借金はなくなったことにはならへん。今まで以上に働き、下を働かせえ。光也、お前もや。家族のために金がいるんやろ。ちんたらやっとらんと雫を抜くくらいの気概見せぇ！」

水谷が吼えると、不思議と煙が霧散していった。

水谷はなぜか僕の素性を知っている。自分の境遇を話したのは雫と亜夢だけだ。亜夢には昨日話したばかりなので、雫が話したのだろうか。

彼は去り際にぼそっと「ほんまに死んでる可能性もあるけどな」と呟いて口角を上げた。

次の日、水谷は僕らに言ったのと同じことを従業員に説明し、この事件は幕を下ろした。店の再開後、自分たちがいる世界の恐ろしさを思い知らされた従業員たちは緊張感を取り戻し、そして何かを諦めたように仕事に専念した。亜夢の事件に関して箝口令は敷かれたままだったが、この事件を忘れるものは誰ひとりいなかった。

　この日の仕事終わり、ミサキから例のバーに呼び出された。昨日チュベローズの前を通ったらしく、臨時休業していた理由をしつこく聞いてくるので、「絶対に言うなよ、言ったら俺殺されるかもしれないんだから」と付け加えて一連の出来事を話した。

「だから雫、元気なかったんだ。亜夢もだけど、水谷ホントむかつく」

「辞めるのはしばらく難しいだろうな」

「でもどうにかしなきゃ」

　そう言うとスマホを取り出し、白黒のエコー写真を見せた。

「今日病院行ってきたの。六センチだって」

　指で拡大してもそれが人の姿には見えなかった。

「けど雫が背負わされた借金、返済するのにどれくらいかかるか。あいつ『何年かかったって』って言ってたし」

「ちょっと作戦考える」

　ミサキの表情はとても逞しく、雫と似たものを感じた。むしろ雫のリーダーシップは、ミサキの影響であるようにすら思えた。

「そうそう、昨日チュベローズの前を通ったとき、店に入ろうとしている女性がいたの。明らかに初めてで。でも店やってなかったから、帰ろうとしたのね。だから私話しかけたのよ。そしたらその人、光也を指名しようとしてたの」

「嘘だろ」

「まさかでしょ。だから絶対にものにしてほしいと思って、そのまま二人で飲みに行ったの」

そう言ってミサキは一枚のメモと名刺を差し出した。

「その人の名刺。あといろんなこと聞いたから書き出しといた。これ使えばきっとうまくいくはず」

「すごい行動力だな」

そう呟いて受け取った名刺には、「ＤＤＬ」と記載されていた。

ミサキのスマホの画面に映っていた胎児がぴくりと動いたような気がした。

08　バースオブザシェパード

　十二月半ばになると街はすっかりクリスマスムードで、あらゆる店から漏れてくるＢＧＭは耳慣れた聖歌やクリスマスソングばかりになった。浮ついた雰囲気が漂う一方、行き交う人々は年末の忙しさに追われ、淀(よど)んだ空気も醸(かも)し出していた。

　チュベローズは違った。客たちは一年の疲れを振り払うように酒を飲み、男に甘え、子供のようにはしゃぎ、ホストたちも上がる売り上げに気分を高揚させていた。ランキング上位のホストたちはその勢いを加速させていたが、下位のホストもその余沢にあずかった。このような繁忙期は人気のホストを指名しても話せる時間が短いため、あえて下位のホストを指名して新たなお気に入りを探す客も少なくない。僕にもいくつか指名が入ったが、どの客も再び僕を指名することはなかった。だからこそ、次は必ず。

　ミサキからもらった名刺には「株式会社ＤＤＬ　経理部　部長補佐　斉藤美津子(さいとうみつこ)」

とあり、メモには、40歳　未婚　4月12日生まれ　牡羊座A型　静岡の三島出身　趣味は読書とボウリング　好きなタイプは誠実で優しく、芯のある人——などと書かれていた。

彼女を絶対にものにする。そう心の内で唱えても、別の感情が邪魔をしてくる。ＤＤＬ。最終面接で僕を不採用にしたあの会社。

彼女が僕を落としたわけではないだろう。しかし株式会社ＤＤＬに関わる全ての人間を呪いたいくらい怨みは募っていた。こんな状態で彼女に甘い言葉をかけることができるだろうか。どうにかして気持ちを切り替え、彼女から多くの金をふんだくることがＤＤＬに対する復讐になると考えを改める。

斉藤美津子はミサキとともにチュベローズにやってきた。現れた彼女を見て僕は驚き、復讐心はさらに肥大した。

斉藤美津子は最終面接の面接官のひとりだった。少し痩せていたのですぐには気づかなかったけれど、全体を覆う几帳面な印象はそのままだった。経理部とあったのでそんなはずはないとも思ったが、眼鏡の奥の瞳は間違いなく彼女のものだった。彼女のことをそれほどまで鮮明に覚えていたのは、面接官で唯一の女性だったからだ。

彼女が自分を落としたのではないか。身体が熱くなるが、平静を保って接客を務める。僕は美津子の隣に座り、もうひとりのホストがミサキの隣に座った。

「ホストクラブは初めて？」

そう話しかけると、「はい」と彼女は言った。彼女は僕のことを覚えていないようだった。声のトーンは低く、気まずそうにテーブルの端の方ばかりを見ていた。まったくもってホストクラブを楽しむ気がなく、僕を指名しようとしていたなんて信じられない。むしろ嫌悪感(けんおかん)すら抱いているように思えた。

そっと彼女の手に触れる。美津子の手は冷たく、薄い肌から血管が透けて見えた。四十歳にしては若い容姿だが、張りのない首元や目尻(めじり)の小皺などはその年齢を物語っていた。

「どうしてここに来ようと思ったの？」

美津子は俯いて黙ったままだ。ミサキに助けを求めるが、自分でなんとかしろと言わんばかりに隣のホストと話を続ける。「名前は？」と既知の質問を投げかけると、

「みつこ、です」と小さな声が返ってきた。

「どういう漢字？」

「美しいに、津波の津に、子供の子です」

「素敵な名前だね」

水割りの氷が溶けてからりと音をたてた。

「羊って漢字あるでしょ」

唐突に話を変えると美津子はふと僕の顔を見た。

「あれって、羊を正面から見た顔の象形文字なんだって。じゃあ羊全体を表した漢字ってなんだかわかる？」

彼女の眉宇がぴくりと動いた。

僕は亜夢の話し方や表情を真似して、「美しい、っていう字なんだよ」と言い、口角を上げて笑みを作る。

「もちろん、美津子さんは羊より美しいけどね」

あらかじめ用意していたフレーズは、見事に彼女を撃ち抜いたかと思われた。しかし美津子の表情は固まったままでどうにもならなかった。見兼ねたミサキが、「美津子さん、指名変える？」と声をかける。それは困ると視線で訴えたが、ミサキとしては別のホストの売り上げが伸びても構わない。彼女が避けたいのは美津子が二度と来ないことだけだった。

「いえ、大丈夫です」

ほっとしたものの、その後も彼女の牙城を崩すことはできなかった。時間がきたので延長するか尋ねると「結構です」と断られ、ミサキは呆れた様子で電子タバコの煙を吐き出した。

美津子を見送ったあと僕は別の客についたが、その日は何をやってもいまいちだった。仕事終わりにミサキに電話をかけると、彼女は明らかに怒っていた。

「絶対うまくいくと思ったのに」

「あれじゃこっちだって手の施しようがない」

「行くまではあんな感じじゃなかったのよ！」

「なんでホストに行こうとしてたか聞いたか？」

「友達からチュベローズが面白いって聞いて、それでって」

「俺を指名しようとした理由は？」

「ホームページを見て、顔がタイプだったって」

チュベローズのホームページには全ホストの顔写真とシフト表が載っている。顔写真は働き始めて一週間経った頃にスタジオで撮影した。軽くメイクをし、眩しいくらいの照明で撮影してうまく加工されたその写真は、本来の自分の姿とはずいぶんとかけ離れていた。ホストクラブで働いていることを隠している自分にとって好都合だったが、もしや裏目に出たのかもしれない。

「『なんかあった?』って聞いたら体調が悪くなったって。でも絶対嘘。あんたなんかやらかしたのよ」

「俺はできる限りやったって」

「ほんと使えない!」

腹が立ったので嫌味ったらしく「妊娠で情緒不安定なんじゃねーの」と言うと、ミサキは何も言い返さずに電話を切った。

ストレスのあまり、帰りにバッティングセンターに寄った。そこに雫もいた。相変わらずぎこちないフォームだったが、以前よりも打率はよかった。球が切れたタイミングで雫が僕に気づく。しかし彼は顔を背けてバッティングセンターを後にした。

亜夢の事件以降、雫と話すことはほとんどなかった。ミサキとつるんでいることも知っているのだろう。水谷に叱責(しっせき)されるところを見られたバツの悪さもまた、僕を避ける理由のひとつに思えた。

ストレス発散のはずが、バッティングはすこぶる調子が悪かった。それすらも美津子のせいに思えて、彼女に対する恨みがまた溜(た)まっていく。

しかし意外なことに、斉藤美津子は翌日もチュベローズに来店した。指名したホストも僕だった。

会社が休みだったのか、彼女は前の晩よりもラフな格好で、全体的に柔和な雰囲気になっていた。先の展開が読めないなか僕が水割りを作り始めると、彼女は「ごめんなさい」と言った。

一晩経って多少落ち着きを取り戻していた僕は「昨日のこと？　気にしてないよ」と平然を装い、嘘をつく。

「そうじゃないんです」

水割りをマドラーで攪拌すると、氷の角が溶けて滑らかになった。

「私のこと、覚えてますよね」

グラスを差し出して彼女の目元を見た。彼女の睫毛は食虫植物のハエトリソウのようで、その英名が「ビーナス・フライトラップ」だという話をふと思い出す。

「そっちこそ、覚えてたんだ」

昨夜、どうして彼女が僕のことを覚えていないと感じたのか、今となってはわからなかった。かといって、何十人と面接をしてきた人が採用候補者をいちいち覚えているなんて思えるはずもない。

「もしかして、どこからも内定もらえなかったんですか」

「あぁ」

「だからこの仕事を？」

僕は「水割り、もらってもいいかな？」と彼女に尋ね、再びグラスに焼酎を注いだ。

「全部落ちたよ。だから大学を留年して来年また就活することにした」

乾杯、と彼女のグラスに当てる。アルコールは少しくらい僕を落ち着かせてくれるかと思ったが、気分は変わらなかった。

「ごめんなさい」

「さっきから何を謝ってんの？」

「あなたを落としたのは私です」

彼女は目をぎゅっと瞑り、両手を固く握り締めた。

「他の方はあなたを採用しようとしていましたが、私はあなたを採るべきではないと断固拒否しました。理由は特にありません。強いて言えば、あなたと仕事をしていくイメージができなかったというところでしょうか。けれどあなたは面接での受け答えも上手でしたし、きっと他社で採用してもらえると思っていました」

自分の瞳が血走っていくのを感じる。彼女のあまりに身勝手な独断が、僕のあらゆる可能性を奪った。

けれどこうも思った。もしかしたらどこの会社の人間も、この斉藤美津子と同じようなことを考えたのではないか。

「最近、出版社の友人に頼まれてホストクラブの資料収集を手伝いました。それで新宿にあるホストクラブのホームページをチェックしていたとき、偶然あなたのことを見つけました。とても驚きました。面接のときに見たあなたはこういうお店で働くような人には見えませんでしたから。はじめは、本当はこういう人だったんだ、って思いました。けれどだんだん、もしかしたら私が落としたからここで働いてるんじゃないかって」

「そうだよ。あんたのせいだ」

　グラスに付着した水滴がすーっと一筋垂れていく。再び水割りに口をつけると、アルコールは喉(のど)から胃を引っ掻(か)くようにして落ちていった。

「俺には体調が悪くて働けない母と幼い妹がいる。父はいないから家族を養うためにどうしても就職しなくちゃいけなかった。『強いて言えば、あなたと仕事をしていくイメージができなかった』。『きっと他社で採用してもらえる』。そんなわけのわからない理由で、俺はこんな水商売を、したくもない仕事をする羽目になった」

「ごめんなさい」

　彼女は右手で左手を覆い、握った。眼鏡レンズの向こうに見える瞳は、テーブルにある結露したグラスに似ていた。

「許してほしい？」

「はい」

右手の甲には血管が青く透けていて、そこに流れるものが彼女を動かしているのだと思うと、途端にどんなことも言えそうな気がした。

「じゃあ俺の言うことを聞いて。どんなことでも」

到底自分から出たとは思えない言葉だが、確かにそれは僕の言葉だった。

「できることなら、何でもします」

「この店に通い続ける。来られるときはいつでも。そして絶対に俺を指名する」

「わかりました」

そのとき初めて、彼女と視線が合った。僕は彼女の正面に向き直り、顔を近づけて囁くように言った。

「鳴いて」

「え？」

「羊の真似して鳴いて」

彼女は顔を紅潮させ、小さな声で「めぇ」と言った。

「もう一度」

そう言うと彼女はもう一度同じような声を出した。彼女が鳴くたびに、自分の高まった感情が少しずつ沈んでいくのを実感した。

俺は羊飼い(シェパード)になる。そう思えば、この仕事は楽になる。

09 M

恵は艶（つや）やかなフォアグラのテリーヌにナイフを入れようとしたが、「食べるのがもったいない」と手を止めた。

「なんだか夢みたいで」

この店はミシュラン二つ星の店で修業を積んだ新進気鋭のシェフがオープンしたモダンフレンチだと、美津子は言っていた。普段は二ヶ月以上予約が取れない店で、前回来たときも満席だったが、今日は大雪が影響していくつかキャンセルが出たらしく、クリスマスイブ前日にもかかわらずすんなりと予約ができた。あたりにはちらほら空席もある。

恵はテリーヌの角を小さく切り、添えられたブリオッシュにのせて口にした。ゆっくりと咀嚼（そしゃく）し、僕の目を見る。その眼差しから心底感激していることは伝わったが、かすかに戸惑いも含まれていた。

「すごい、食べたことないよ、こんなの。でも、本当に大丈夫なの？」

「大丈夫だよ、最近仕事ばっかりしてたからお金も結構もらえたし、クリスマスの夜もイブの夜も仕事になっちゃったからさ。これくらいはやらせてよ」

そう言ってオマール海老と季節野菜のテリーヌにナイフを入れる。フォアグラのテリーヌは四日前に食べていたので、恵とは違うメニューを注文していた。

堂々と振る舞ってみせるものの、フレンチ自体まだ二度目なので慣れず、ナイフがうまく入らない。ようやく口にすると、海老の芳醇な香りとブロッコリーの食感が絶妙で、一口でこれほど楽しめる料理があるのかと驚いた。

「このお店はどうやって見つけたの？」

「ちょっと前にバイト先の社長が連れてきてくれたんだよ。『若いやつらに本当に美味しいものを食わせたい』って」

「そうなんだ。光太のバイト先ってどんなところなの？」

「新宿にある、会員制のレストランだよ」

「へー、よくそんなところで働けたね」

「スカウトされたんだ」

自慢げにそう言うと、恵は「すごいじゃん」と僕の肩を触った。それでバイトについての話は終わった。どこか疑っていたようだがうまい料理に気を取られたのか、それ以上は詮索してこなかった。

次々に運ばれてくる料理はどれも格別だった。自分は高級料理よりも大衆料理の方が好きだと思っていたが、それは本当にいいものを知らなかっただけなのだと気付かされる。

やがて二人の前に並んだメインは、熊本あか牛のサーロインと新潟産青首鴨の炭火焼だった。

「でも、やっぱり現実だって信じらんない。だって私がステーキ頼んだら怒ってた人が、フレンチでサーロインステーキを注文するんだもん。少しこわい」

口に含んだ肉が脱力するように舌の上で溶けていく。

「あのときはごめん。恵の言うように少し悲観的になりすぎていたんだ」

経済的な余裕がここまで人を穏やかにするとは思わなかった。もちろん全ての問題がクリアになるほど稼げたわけではない。自分の留年分の学費も芽々の塾代もまだ貯まっていないし、月々の生活費も支払わなければならない。けれど水谷にもらった百万円や客からもらったタクシー代や小遣い、それに給料を加えれば、状況は二ヶ月前よりも格段によくなっていた。

「謝らなくていいよ。鴨、いただきます」

恵が微笑むたび、耳元から垂れたピアスがふわりと揺れた。彼女の顔をじっと見つめていると、先日同じ席にいた美津子の顔に重なっていく。

あれから二週間、美津子はすでに九回も来店し、約束通り僕を指名してシャンパンを入れた。

美津子は僕が何かを尋ねてもあまり自分の話をせず、反対に僕のことばかりを聞いた。これまでの経歴や家族構成、趣味など、いろんなことを。しかしチュベローズには、客に身の上話をするな、という不文律がある。僕自身もあまり知られたくなく、美津子が尋ねるたびに違う答えを言ってはぐらかした。それでも彼女は納得せず、「どうすれば本当のことを教えてくれますか？」としつこく聞いてくる。僕は適当に受け流すつもりで、「もっと売り上げを出してくれたら」と答えた。

すると翌日、彼女は僕を同伴に誘った。同伴すると店から五千円もらえる、かつ空いている早い時間から来店してくれるので、同伴した客が帰ったのちも指名が入りやすい。ホストにとってはいいことずくめだ。

そのとき同伴したレストランがここだった。店の前で待ち合わせをした美津子は、髪を綺麗に結いあげ、眼鏡はしていなかった。白いドレスの上に千鳥格子のコートを羽織り、覗く胸元にはトップが「M」になった金色のイニシャルネックレスが輝いていた。今までは少し金のあるOLという印象だったが、この日は資産家の妻といった様相で、うっかりすると敬語で話してしまいそうになる。しかしそれほどまで着飾っていても、別段美しいとは感じなかった。

ここは美津子の行きつけらしく、店員とも親しげに会話をしていた。料理の味もさることながら、このようなレストランに足を踏み入れたこと自体に感動した。ホストとして一人前になった実感と、大人になれた気分。美津子もそんな僕を見て喜んでいた。

彼女のワイン選びや注文の仕方はスムーズで、マナーや所作はどれも流れるように美しく、見事なほどスマートだった。その動きを思い出し、恵の前で実践してみる。初めはぎこちなかったが、徐々に勝手がわかる。そんな僕に恵は「なんだか別人みたい」と笑いながら言った。

食事を終えてタクシーに乗り、雪道のなか次へと向かう。都内有数の高級ホテルに到着すると、ラブホテルだと思っていた彼女は「嘘」と呟いた。

チェックインしてカードキーに記載されている部屋へ入ると、ダブルベッドを両サイドのスタンドライトが淡く照らした。カバンを置いて二人でそこに飛び込んでみる。

ベッドは僕らを迎えるように優しく反発した。

飲み足りなかったので、恵がシャワーを浴びている間に近くのコンビニまで酒を買いに行く。缶ビールや缶チューハイを数本ずつとミックスナッツなどのつまみを買って戻ると、恵はまだシャワー中だった。ビールを飲んで、今日の余韻に浸る。たった一日で十万円強使ったことが、やけに清々しかった。と思った途端どっと疲れを感じる。身の丈に合わない僕を、ビールが日常へと押し戻した。

バスルームから出てきた恵は、身体をバスタオルで巻いていた。僕のビールを摑み、ごくりと喉を鳴らす。「シャンパンもいいけど、やっぱりこういうのもいいね」と恵は僕が思っていたのと同じことを言った。

僕はバッグからリボンのついた小箱を取り出し、渡した。クリスマスプレゼントだと言うと、恵は「いやだ」と両手で顔を覆った。

「だって、もう十分すぎるよ。こんなにやってくれたのに、もうお腹いっぱい」

「じゃあデザートだと思って受け取って」

彼女は手を伸ばし、小箱を開ける。中身は金色のイニシャルネックレスだ。同伴したときにこれはいいと思い、美津子にブランドを教えてもらった。買いに行ってわかったが、このブランドはイニシャルネックレスが充実しているというわけではなく、そのブランドの頭文字が「M」だからこの商品があった。恵のイニシャルが美津子と同じだったのは運がよかった。

彼女の首元にネックレスをかけてあげる。胸元でMの文字がきらりと照明を反射した。

「こんなこと、光太は一生してくれないんじゃないかと思ってた」

彼女はそのまま僕の肩にもたれかかった。シャワーを浴びたので体温がやけに高く、僕まで汗ばんだ。

ホストを始めてから、女性を喜ばせることに抵抗がなくなった。それまでは照れ臭くてできなかったのに、いつの間にかホスピタリティが芽生えている。

でもそれだけじゃない。ここまで恵を喜ばせようとしたのは感謝や好意だけではなく、ホストをしている罪悪感からでもあった。毎日あらゆる女性と会っては話し、もてなしている。それを隠しているのは胸が痛んだ。

それから僕らは互いを求めた。終わったあと暗い室内で裸のまま抱き合っていると、恵がふと「芽々ちゃんのことなんだけど」と小さな声で言った。

「もしかして中学受験するって言ってる?」

僕は上がった息を整えながら「あぁ、あの芽々があんなこと言うとは思ってなかった。なんで？」と聞いた。

「怒らないで聞いてね。それ、私のせいなの」

窓の外に降る雪は、いまだ宙を白く染めていた。

「芽々ちゃんに『どうしたらお金持ちになれますか』って聞かれて。だから私、『たくさん勉強して頭のいい人になれば、お金が稼げるよ』って言ったの。だってゲームばっかりしてるの、やっぱりよくないと思ってたから。ちゃんと勉強してほしいって思って。そしたら『目標がほしい』って芽々ちゃんが言ったの。ゲームは目標があるけど勉強はないから頑張れない、だから目標がほしい。そう言うから『中学受験していい学校目指せば？』って言っちゃったの。私が小学生くらいのときはそれが目標だったし、咄嗟だったからそれしか浮かばなくて。でもそれがもし光太を苦しめてるなら、私、軽はずみでいけないこと言ったのかもって思って。ごめんね」

今夜は疲れたのでもう何も考えたくなかった。僕は「いいよ、気にしないで」とだけ言って寝たふりをした。

翌日は二人で新宿の店を歩いて回り、母と芽々にクリスマスプレゼントを買った。僕は母に肩こり用のマッサージ器具、芽々に「ＡＩＤＡ」の大人気ゲームシリーズ「ジェラルドジェラルミン」——通称「ジェラジェラ」——の最新ソフトを買った。

恵は母に水玉のエプロンを、そして芽々にジェラジェラの人気キャラ「マジロー」のステッカーやストラップやぬいぐるみなどのグッズを選んだ。マジローはジェラジェラ発売当初はただのサブキャラに過ぎなかったが、白いアルマジロという珍しい造形とその愛くるしさから一気に国民的キャラとなり、今では海外からも人気が集まっている。芽々もマジローファンのひとりだった。

帰宅してそれぞれにプレゼントを渡した。母はとても喜んだが芽々は不満げな顔をしていた。「これからは勉強するからゲームはもうしないもん。マジローだけでいい。恵ちゃんありがとう」と、恵のプレゼントだけを手にした。しかし一時間ほど経つと我慢できなくなったのか、「もったいないから今日だけやる」と言って、僕のあげたゲームをプレイし始めた。そのときの恵の顔はあえて見なかった。

恵は母と一緒にクリスマスディナーを作ると言うので、僕は三人を置いてチュベローズへと向かった。昨晩ボーイたちが飾りつけたのだろう、店はイルミネーションで彩られ、エントランスにはやたらでかいツリーが置かれていた。他店は一週間前からクリスマス仕様にしていたらしいが、チュベローズは毎年この二日間だけ飾りつける。それは当日に客を集中させて他店の売り上げを凌ぐためだと聞いていたが、実際のところ効果があるのかと僕は疑っていた。

しかしいざ店がオープンすると、信じられないほど客がやってきた。パーティなので一般客は立ち飲みで、VIPチャージ料を払った人だけがテーブルに着くことができる。いつもの丁寧な接客とは打って変わり、店内はごちゃごちゃでまとまりもなかったが、それでも皆大笑いで、そこかしこでシャンパンが開いた。最近元気のなかった雫も今日こそはと楽しみ、率先して客を盛り上げていた。

美津子も来店してくれたが、僕を指名した客が他にもいたので数十分しか接客できなかった。不思議なことに、美津子が通うようになってから僕への指名が増えていた。美津子の席に戻ろうとした頃には彼女の姿はすでになかった。

閉店後は僕を指名してくれた女性と後輩を連れて近くのショーパブへ行った。解散した頃には午前四時を回っていた。くたくたに疲れた身体をどうにか動かして駅へと向かった。途中、美津子からメールが来た。

「今から会ってもらえたりしませんか？」

サンタの格好をした若い女性二人をトナカイ姿の男たちがナンパしていたが、相手にされていなかった。

喧騒のあとの虚しさがじわじわと僕に押し寄せていた。

10　割れた豆腐の白

美津子が指定したのは西新宿のホテルだった。近距離とはいえ酔いと寒さもあってタクシーで行こうとしたが、乗り場にはふらついた若者や忘年会帰りと思しき人たちがたくさん並んでいた。しかたなく歩いてホテルに向かう。十五分ほどで到着し、言われた番号の部屋まで行く。チャイムを押すと部屋の奥から足音が聞こえた。

「早かったですね」

ドアの隙間から覗く彼女はバスローブ姿で、メイクも来店時よりナチュラルなものになっていた。デコルテには鎖骨と胸骨が浮きでて見える。

「クリスマスイブにこんなところを押さえてるなんてすごいね」

「たまたまです」

「たまたまって。そこは俺のために押さえてたって言ってよ」

ちょっとしたリップサービスをしておく。彼女は恥ずかしそうに「光也のために押さえてた」と小さく言った。しかしそういう彼女を見ても僕は何も感じなかった。

「それで？　どうして俺を呼んだの？」

彼女はすぐにバスローブを脱ぐはずだった。もしくは脱がしてほしがる。ホテルに呼ぶとはそういうことだ。誘われたときからある程度予想していた。

枕（まくら）は禁断の果実だ、絶対にやめておけ。以前、雫がそう言っていた。枕営業は客との距離をぐっと縮め、いったんは来店頻度が増える。しかしトラブルも付き物で、嫉妬（しっと）から客同士が揉（も）め事を起こしたり、客の恋人が出てくるケースもある。それに枕の噂（うわさ）が広まれば、ホストとしての品格も落ちる。客が求めているのはリアルではなく、ヴァーチャルだ。疑似恋愛を意識しろ。友達以上恋人未満。何年も前からあるこのフレーズを守り続けるのが長く稼ぐホストの秘訣（ひけつ）だ。雫はそうも教えてくれた。

普段はそう心がけていたし、客と寝たいという欲も湧（わ）かなかった。しかし今日は好奇心を抑えることができなかった。

これまで年上の女性――それも倍ほど年齢の違う――と関係をもったことはない。恋愛対象として意識したことさえなかった。

いつもと違った自分に出会いたかったのか、もしくはあとで笑い話にでもしたかったのか。なんにせよ、性的な衝動から来たわけではなかったが、すでに美津子を抱く決心をしていた。

美津子はどこともない宙を見つめ、それから「ひとつ聞いてもいいですか」と言った。

「何？」

ベッドに腰かけ、ポケットからタバコを取り出して火をつける。

「来年もＤＤＬ、受けますか？」

紫煙が彼女と僕の間に漂った。

「関係ないだろ」

美津子はバスローブの襟元をぐっと閉め、「関係、あります」と言った。

「私がＤＤＬに入れてあげます」

美津子が僕に近づくと、カーテンの隙間から漏れる月明かりが彼女の髪を撫でた。

「それが本当なら最高のクリスマスプレゼントだね。で、この詐欺はいくら払えって話なわけ？」

「お金は要りません」

本人がＤＤＬの社員だからとはいえ、都合がよすぎる。それにいくら就職留年をするといっても、同じ会社にエントリーするのは得策とは言えない。そもそも一度不採用になるとエントリーすらできない企業だってある。採用率は限りなく低く、内定はほとんど期待できない。時間の無駄になる確率の方が圧倒的に高いのだ。

「光也さんを受からせてあげたいんです。就職留年するんですよね。ならもう一度受けてほしいです。新卒は来年も取る予定ですから。二度のエントリーも問題ないはずです」

「でも万が一俺の顔を覚えていたら」

「そこは」

美津子はしばらく考えて「印象を変えます」と言った。

「ばかばかしいよ。落としたのは美津子なのに」

「それに来年からインターンシップ制を導入します。そこでどんなことをすればいいか、私なら具体的なアドバイスができます」

彼女の眼差しにいつもの弱々しさはなく、社会人として生き抜いてきた者のたくましさだけがあった。

二ヶ月前なら首を縦に振っていただろう。

美津子のメガネを外し、唇を吸った。薄く緩んだ唇から「えっ」と声が零れたが、僕はその言葉も吸い込んだ。

美津子は離れようと僕の胸のあたりを押した。反発する彼女に腹が立ち、より荒々しく舌を絡ませる。

今に満足しているわけじゃない。けれど今いる場所がどんどん心地よくなっている。バスローブを強引に引っ張ると、下着姿の彼女がむき出しになった。美津子の眼差しはもとの頼りないものに戻っていた。

このままじゃだめだとわかってる。でもまだ先のことなんて考えたくなかった。美津子に触れる。慣れない肌だった。恵とは違い、張りがなくくたびれていた。今はホストの仕事に集中する。それがあらゆる問題を解決できる近道のはずだ。彼女の胸に顔を寄せる。石鹸の香りが鼻を掠めた。自分が赤子に戻ったような気分になっていく。

就活に失敗したという事実から逃げているだけだろ、と別の自分が僕に向かって言う。なげやりになって、手軽に稼げる道を選んだんだ、お前は。

美津子はいつしか抵抗せず、僕の頭をそっと撫でながら、喘いだ。逃げているわけじゃない。それしか道がなかった。選ぶ余地などそもそもなかった。下腹部に口をつけると、ほのかな苦味が舌に伝わり、人の味がした。

留年を決めたのだから来年も就活はする。それはずっと先のことではない。じきに今年も終わる。今から考えなければまた同じことを繰り返すだけじゃないか。

舌を動かすたびに美津子は波打った。堪えてはいるもののつい漏らした美津子の声は、僕を少しずつおかしくさせた。

自分が恐れているものの正体がゆっくりと輪郭を現す。

顔についた体液を手のひらで拭い、右手を太ももに這わせていく。奥に指を滑り込ませると、彼女の熱い体温が指先から伝わった。

再び失敗する恐怖。社会に不必要だと証明されるあの感覚。高く積み重ねたジェンガを蹴飛ばされたときのような、美しく仕上げた砂の城を踏み潰されるような、振舞った料理をゴミ箱に捨てられるような、そんな感覚。

いつしか屹立した自分を彼女の中に押し込み、ぐしゃぐしゃの頭を振り切るように腰を動かす。情けなくて、不甲斐なくて、悔しかった。八つ当たりのようなセックスを果てるまで続ける。美津子はそんな僕を受け入れ、ただひたすら受け皿に徹した。何も言わず、身体を捧げ、時折感じていた。それがまた不愉快で、殴るように突き刺した。

彼女の弛んだ乳房が無軌道に揺れるのを眺めるうちに、僕は彼女の中で果て、気絶するように眠りに落ちた。

*

年末の慌ただしさから解放された年明け、テレビは日本全体に流れる仄暗く停滞した雰囲気を払い飛ばすように、お笑い番組やハッピーエンドの映画を放送した。安く手に入れたお節を家族と食べながらそれらを見たあと、昼すぎに皆で近くにある八幡宮へと足を運んだ。

ひと通りお参りすると、芽々は絵馬を書きたがった。

「ごうかくきがんするの」

「気が早いな。受験はまだまだだろ」

「お兄ちゃんも書いた方がいいよ、『しゅうしょくできますように』って」

芽々にそう言われ、絵馬を書くことにした。僕らはそれぞれ「じゅけんに合かくできますように」「今年こそ就職が決まりますように」と記入し、絵馬掛けに結んだ。その間、僕の頭にはずっと美津子のことが浮かんでいた。

今年こそ就職が決まりますように。

本当にそう願っているのだろうか。美津子とセックスした日からもやもやしたものがずっと身体にへばりついていた。年が明けても晴れることなく、もやもやはむしろ増していった。

僕は家族に先に帰るように伝え、電車に乗って通い慣れた東新宿駅へと向かった。目的地はチュベローズではなく、すぐそばの稲荷鬼王神社だった。近くにあるにもかかわらず一度も行ったことがなかったのは、なんとなく鬼王という文字から不穏な感じがしていたからだ。けれど鬼王ならこの鬱屈した気分を晴らしてくれるかもしれないと、鬼王についてよく知らないながらもそう考えた。

普段はほとんど人のいない稲荷鬼王神社だが、この日はそれなりに人が来ていた。参拝客の列に並んでいると、前から見覚えのある顔が歩いてくる。

普段は髪を上げて真っ黒のスーツに身を包んでいる水谷だが、この日は髪をセットしておらず、服も安っぽいベンチコートだった。あまりのみすぼらしさに初めは見間違いかと思ったが、シミだらけの顔と少し猫背な立ち姿は明らかに彼だった。

「なんや、お前も来てたんか」

「あけましておめでとうございます。初めて来ました」

「そうか。わしはな、毎日来てんねん」

水谷が信心深いというのは意外だった。

「参拝したら飯でも行こか」

賽銭を投げ、売り上げを伸ばせますように、と願った。

参拝を済ませたあと、僕らはタクシーを拾って新大久保へと向かった。新大久保は都内屈指のコリアンタウンで、水谷曰く彼らはソルラル、つまり旧正月を一年の節目としているため、大晦日も元日も通常通り営業している店が多いとのことだった。

看板の汚れた韓国料理屋に入ると、水谷は韓国語で店員に挨拶した。席に着くとメニューも見ずにまたも韓国語で注文した。運ばれてきたチャミスルで乾杯すると水谷は一気に呷った。

「韓国語、話せるんですね」

自分も水谷に倣って酒を呷る。

「わしは在日二世やからな」

食道が焼けるように熱くなった。黙っていると「なんや、在日は初めてか」と水谷は言った。

「大阪なんか在日よーけおんねんで。お前在日って聞いた途端、わしのこと恐なったんやろ」

元から恐い思うとったか、と水谷は下品に笑った。

身近にいなかったせいか、在日について考えたことなどなかった。なのに水谷にそう言われ、確かに恐いと思った。水谷のただならぬ雰囲気はそこから来ているのかもしれないとあれこれ結びつけ、しかしそんな風に考える自分にも違和感があり、僕は混乱した。

「在日やけど、わしらは日本人と変わらん思うとる。韓国行ってもここの血が自分に入っとるって気にならん。それでもな、在日って言うと人は自分を外国人として扱うんや」

「すみません」

何に謝っているのかわからない。しかし思わずそう口にしていた。

「謝ることない。お前、就職試験全部落ちたんやろ。そんとき、自分が人として認めてもらえへんかったような気がせんかったか？」

水谷が占い師のように思える。しかし彼を超越した存在のように感じるのも、もしかすると差別的なものに由来するのかもしれない。

「ガキの頃からわしもそんな感じや。それに貧しくて飯が食えない日もしょっちゅう。いつも街のどこかしらで喧嘩。死ぬかと思ったこともあるし、死にたいと思ったこともある。それでもな、わしはこうして生きとる」

水谷はもう一度チャミスルを呷った。

「だからお前もなんとかなる。いやでもなってまう。大事なことは腐らんことや。絶対、腐るな」

中学の頃に亡くなった父をふと思い出す。父もよく僕に腐るな、と言っていた。

運ばれてきたチゲ鍋は猥雑だったが、香辛料の香りは食欲をそそった。小皿によそおうとすると、水谷は「豆腐は全部お前が食え」と僕に言った。

「わしは豆腐は食わん」

「どうしてですか」

「豆腐は腐っとるからな」

水谷は大口を開けてがはがはと笑った。

鍋の豆腐は小刻みに揺れていた。柔らかな豆腐を皿に拾うとくたりと割れ、赤く染まっていた表面とは違う、艶やかな白い身を露わにした。

11　鬼王

元日に稲荷鬼王神社を訪れて以来、「鬼王」という響きに強く惹かれていた。本来の「鬼王」とは鬼王権現のことで、月夜見命、大物主命、天手力男命の三神をいうそうだが、僕の頭には膂力をもてあまし、猛々しく咆哮する巨大な赤鬼の姿が浮かんだ。その姿を想像するたびに自分にも力が漲ってくる。そして鬼王の姿は時折、水谷の姿とも重なった。

三ヶ日を経てチュベローズは通常営業を開始した。初週は新年の挨拶を兼ねた客が年末と同じように訪れたが、その賑わいも日ごとに落ち着き、それぞれの売り上げの差が顕著に表れるようになった。

十二月の給料は前月の十二万円を圧倒的に超え、四十七万円だった。ほとんど美津子のおかげだったが、他の客からの指名も少なからずあり、僕は十二位まで食い込むことができた。それは亜夢の最終順位と同じだった。

とはいえ一月は休みも多い。美津子とあんなことがあったし、今月の売り上げはあまり期待できなかった。

そう思っていたのに、予想に反して美津子は年明け最初の開店日に現れた。

気まずい沈黙のなか、美津子が入れたシャンパンをハイペースで飲んでいると、彼女が「インターン、受けてください」と言った。まるで身体を重ねたことなど覚えていないような口ぶりだ。

「時間がないんです。インターンは来月末です。今月中にエントリーしなければ、インターンなしの採用試験になり、とても不利になります。この機会を無駄にしないでください」

焦(あせ)る彼女を見ていると、なんだか他人事(ひとごと)のように思えてくる。

「それとも他を受けるつもりですか？」

「いや、まだ何も決めてない」

「それじゃあなおさら」

身体にへばりついたもやもやは、今も消えてはいなかった。

「やる」

稲荷鬼王神社を訪れた夜、夢で鬼王の姿を見た。僕は樹齢数千年の巨樹ほどもある足に抱きついていて、どうか未来について教えてください、と泣いていた。それが自分の意思なのかはさておき、鬼王は僕を拾い上げて顔に近づけ、まじまじと見つめた。鬼王の手は燃えるように熱く、瞳はひどく濁っていた。鬼王が口を開くと、黄ばんだ上下の歯が唾液の糸を引く。クジラに飲み込まれるピノキオの気分を味わい、恐怖に腰を抜かしていると鬼王は全身が揺れるような野太い声で、「初心」と言った。そこで目が覚めたが、ベッドは汗ではないもので濡れていた。新年早々寝小便をしたことはともかく、鬼王の啓示を無視するわけにはいかなかった。

それだけではない。自分が就職に怖気づいている理由を、芽々や家族のせいにはしたくなかった。ホストをしているのは家族のためだ、だから辞められない、という意識をどこかで断ちたかった。鬼王の言う初心がどこを指したのかは不明確だが、ホストとして働くのは就職するまでという最初の決意だと捉えることにした。

「よかった」

彼女は顔を綻ばせたが、僕は立て続けに言った。

「だけど条件がある。今後も変わらず僕を指名すること。そしてできる限り僕の売り上げに貢献する。それが条件だ」

以前ミサキは僕にこうアドバイスをした。

——人を人と思わないで。ただの客。ただの金。光也はそういう最低な人間を演じればいいの。中途半端(ちゅうとはんぱ)な優しさとか慈(いつく)しみたいなのを持ってると苦しむのは自分だからね。客が風俗で働こうがヤクザから金借りようが万が一死のうが、知らんぷりできる強さを持って。

浅薄な優しさや同調は、やがて自分を縛り付ける。美津子からできる限り金を搾(しぼ)り取り、就活にも利用する。

「最初からそのつもりです」

美津子は動じずにそう言った。

それからアフターで個室のカラオケに行き、美津子から今後の段取りの説明を受けた。今週末までに必要な書類を揃(そろ)えてインターンにエントリーし、二月の二十五日から二日間参加する。内容は就業体験イベントというワークショップで、「企画志望」「マーケティング志望」「プログラミング志望」などの異なる分野の志望者を合わせたグループを作り、実地でゲーム制作のシミュレーションをするらしい。ただ、インターンに参加できるのはおよそ三十名で、あまりの狭き門に「無理に決まってる」とやけっぱちになっていたが、美津子は「絶対に選ばれるから大丈夫です」ときっぱり言った。

二週間後、美津子の言った通り僕はその三十名に選ばれた。彼女の指導のもとに作成したエントリーシートがよかったのだろう。もしくは何か別の力が働いたのかもしれない。いずれにせよ僕は選ばれた。二月のインターンに向け準備をしながら、チュベローズでも力を抜くことなく接客した。

一月の順位はナンバーファイブまで上がった。給料はついに五十万円を超え、七十三万円まで伸びた。高給に喜んだものの、正直この順位なら百万円を超えると予想していた。現実は思ったよりも生々しい。

売り上げが発表された日、仕事が終わるとミサキから不在着信があった。雫の成績を知りたいのだろう。亜夢の件があっても、ミサキは雫の独立を諦めていなかった。そのことに胸が痛み、同時に痛々しく映った。

アフター前に、鬼王神社に寄ってミサキにかけ直す。

「雫、どうだった？」

お手水から水が滴る音がする。

「ナンバーシックス」

「嘘」

僕はついに雫の売り上げを超えた。というよりも雫は自ら売り上げを落としていた。

年末からその気配はあったが、雫の遅刻、無断欠勤は日ごとに増していった。店に来ても前日の酒が抜けておらず会話は支離滅裂で、グラスや花瓶を壊してしまうことも多々あった。

しかし誰も注意できなかった。かつての絶対王者が自ら破滅していく姿をみんなが見て見ぬふりをした。あの水谷でさえもそうだった。できることといえば、早く元に戻ってほしいと願うことだけだった。

そのことをミサキは知らなかった。年末からつわりがひどくなったので実家に帰っており、雫は自宅にひとりでいた。

彼女の体調も考慮して雫の現状を伝えずにいたが、もう限界だった。正直に話すと、ミサキの戸惑いが耳に届く。

「どうしよう、雫がそんな状態だなんて」

「具合はどうなの？」

「まだ少しだめ」

夜気に溶け込んだ狛犬（こまいぬ）は僕に何か言いたげだった。

「ねぇ、うちに行って雫の様子見てきてもらえない？」

「いいよ。明日の昼でよければ」

「ありがとう、あとで住所送っておく。よろしくね。今月中には東京に戻るつもりだから」

翌日、ミサキからメールで送られてきた住所を訪ねた。新宿にある築十年ほどのマンションに着くと、ロビーのインターホンで部屋番号をプッシュした。応答はなかったが、マンションから出てきた人のおかげでオートロックの扉を潜ることができた。

エレベーターで彼のいる階まで上がるとなぜか手のひらに汗が広がった。

雫の部屋の前に立ち、チャイムを鳴らす。少し時間を置いてもう一度鳴らした。

僕には雫が部屋にいることがわかっていた。根拠があったわけではないが、そう確信していた。

十七回鳴らしたところで、ドアの奥から足音が聞こえた。十九回目を鳴らそうとしたとき、鍵が開けられ、ドアが開く。

雫の髪は寝癖でうねり、顔はひどくむくんでいた。腫れぼったい目から覗いた眼光は、僕に対する嫌悪で溢れていた。

「なんや」

首元がだらしなく伸びた黄色いTシャツは、胸元から腹部にかけて赤く汚れていた。赤ワインを吐いたか、こぼしたのだろう。身体からも酒のにおいがした。

「大丈夫か」

「何がや」

かすかに見えた部屋の中は、物が散乱し、酒瓶がいくつか転がっていた。

「心配しにきたんか」

「ミサキさんも心配してる」

「もうミサキとはやったんか」

そう言うと雫は、右の口角だけを上げて笑った。

「帰れ、お前に用はない」

ドアを閉めようとしたので僕はすかさず右足を突っ込んだが、雫は僕の胸を素早く突いた。あまりに強い力で、廊下に飛ばされる。閉まったドアの向こうで足音は遠のいていった。

ミサキに電話で起きたことを伝えると、「ありがとう」と彼女は言った。

「しかたない、私がなんとかする。電話しても出ないから、帰ったときに、なんとか」

その夜も雫は店に現れず、無断欠勤は続いた。しかしチュベローズは変わらず繁盛し、年明けから入ってきた後輩たちも徐々に力をつけていった。

美津子は変わらず通い、酒を入れてくれた。店では一切就活の話はしなかった。話のタネがあるときは会話をしたが、ただ黙って過ごすこともあった。それで僕は構わなかった。居心地が悪いと思うこともなかった。

しかしアフターでは——というよりも就活セミナーと言った方が近い——彼女は堰を切ったように話した。その言葉を僕は必死にメモしていく。仕事終わりはいつも酒が回っていて、思考能力が鈍る。寝てしまうことも多々あり、そうなるとなかなか起きられなかった。見かねた美津子はインターンの二週間前の土曜、仕事終わりに僕を自宅に招いた。「家なら万が一寝ちゃっても、日曜に一日準備ができますから。だから次の日も空けておいてください」。彼女はそう言った。

美津子の自宅は新宿からタクシーで三十分ほどのところにあった。郊外というほどではないが閑静な高級住宅地というわけでもなく、最寄り駅は急行が止まらない。そんな場所に彼女の家はあった。

ナビに入れた目的地が見えると、通りに美津子が立っていた。店に来るときとは違い、いかにも部屋着といったラフな格好だ。タクシーが彼女の前で止まると、美津子は運転席の窓をノックし、支払いをした。

植木で囲まれた低層マンションは、決してラグジュアリーではなくどこにでもありそうな庶民的な建物だった。美津子の部屋は三階の一番奥で、マンションの向かいにある公園がよく見えた。ブランコが揺れている。美津子は少し恥ずかしそうにしながら、僕を部屋に引き入れた。炒ったナッツのような香りがする。フローリングは冷たかった。チュベローズでは大胆な金遣いをしていたので豪勢な生活を送っているものだとばかり思っていた。しかしリビングはテーブルと椅子とテレビと本棚だけという簡素さだ。本棚に並んだ書籍はほとんどがビジネス書で、いくつか有名なミステリー小説もあった。一冊、目を引いた文庫本があった。マキャヴェッリの『君主論』。高校の授業で聞いたことがある程度のその本に目を奪われたのは、「君主」という言葉が「鬼王」を連想させたからだ。何気なく手に取ってめくってみる。イタリア独特の馴染みのない人名や場所が多く書かれていて、理解するのに少し時間がかかりそうだった。

「これ、借りていい？」

そう尋ねると美津子は少し考え、「いいですよ」と頷いた。文庫本をポケットにしまう。背筋がすっと通り、心なしか身体が大きくなった気がした。

12　運命（フォルトゥーナ）

『君主論』は表紙がくたくたで、紙はくすみ、数ヶ所ページの端が折られていた。何度も読み返されたようで、書き込みや赤いラインがいくつもある。そこには美津子の文字だけでなく、他の筆跡も混じっていた。彼女の文字は線が細く丁寧なのに対し、大胆でやや粗雑な、場合によっては読めないような文字だった。マーカーでなぞられた箇所も、綺麗（きれい）に直線で引かれたものと歪（ゆが）んだものがあり、おそらく前者が美津子、後者が他の誰かだと推測できた。

もともと自分が抱いていた『君主論』の印象はマキャヴェリズムとその否定だった。つまり『君主論』に由来する、目的のために手段を選ばないというマキャヴェリズムのイメージは実際のマキャヴェッリの思想とは異なる、ということだ。

それぐらいは高校の授業で教わった。世界史の先生がマキャヴェリズムについて講義したとき、僕が「五百年間も誤読し続けてきた人間ってどんだけアホなの」と教室で言ったら、クラスメイトの何人かが声を上げて笑ったことがあった。

その由来となった箇所を読む。マキャヴェッリは有能な君主の一例としてチェーザレ・ボルジアをモデルに選んだ上で、慈悲深さを誤用しないよう注意しろと述べている。チェーザレは残酷で冷酷な人物と考えられているが、その資質によってロマーニャの乱れを治め、統一し、平和をもたらした。その過程で、最小限の処罰を行っただけだ。慈悲深さゆえにかえって混乱状態を招き、殺戮と略奪を放置する支配者と比較すれば、チェーザレの方がより慈悲深いことになる。マキャヴェッリはそう記していた。

少ない処罰で秩序を保つか、処罰を行わず傍観するか。どちらが正しいのか、善なのか、愛なのか、今の自分にはわからなかった。世界を見渡しても、その答えはまだ出ていないように思える。

『君主論』に描かれたチェーザレは非常に魅力的だった。マキャヴェッリが彼に心酔していることもあるだろうが、「敵によっておびやかされないこと、味方を獲得すること、力あるいは詐術によって勝利すること、民衆に愛されるとともに恐れられるようにすること、兵士に慕われるとともに畏敬されること、自らを攻撃できるかあるいは攻撃するに違いない者を絶滅すること（中略）これらは新しく君主となった者には必要不可欠と考えられるが、これらの事柄に関して公の行動ほど生々しい模範を提供してくれるものはない」という部分からも伝わる通り、勇猛果敢であり知的な人物である。それでいて美男子だという。チェーザレは文句のつけどころのない男だった。かつての雫が重なる一方で、内面に関しては水谷とも共通しているように思えた。

二度目に美津子の自宅を訪れた際、僕がまくしたてるようにそう語ると、彼女は白い歯を覗かせ、半ば呆れたように笑った。

「そんなに気に入ってくれたなら、よかったです」

この日は前回から一週間後の日曜日で、いつもより早い夕方から美津子の家に来ていた。今回もインターンの対策を練るつもりだったが、ここ数日で読み切った『君主論』があまりに興味深かったため、この本について話したい思いが高まっていた。

「何度も読み込まれたあとがあったけど、美津子も『君主論』が好きなの？」

テーブルにインターン資料などを並べている美津子にそう話しかけると、「好きというより、昔ちょっと勉強しただけです」とそっけなく言った。

「でも大量に書き込みがあったし、ラインも引かれてた。おかげでポイントが摑めて読みやすかったけど。他の本にもこんなに書き込むわけ？」

「そういうこともある、かな」

「この本誰かに貸した？」

そう聞くと美津子は手を止めた。

「貸したというより、もともと人の本で。仕事仲間から、もらったんです」

「じゃあ美津子も『君主論』に興味があったんだ」

「その人があまりにもこの本が好きだって言うから」

「男の人？」

「そうですね」

「付き合ってた人？」

美津子はそれには答えず、キッチンに行ってケトルに水を注いだ。水道から勢いよく流れる水の音は静かな日常と奇妙な調和を保っていた。僕はもう一度、「付き合ってたんだろ、その人と」と尋ねた。ちょっとからかうつもりで聞いたはずが、彼女があからさまに避けるので気になってしまう。しかし美津子は「光也さんはどこの部分が一番印象的だったんですか？」と話を変えた。しかたなく「いくつもあるけど狐(きつね)と獅子(しし)の部分かな。あれ読んで、俺には『狐のような狡知(こうち)』も『獅子のような力』もないなぁと落ち込んだよ」と言った。

「『狡知』はあるんじゃないですか」

「それじゃただずる賢いだけみたいだ」

美津子は茶葉の入ったガラス製のティーポットにケトルの湯を注ぎ、ふたつのマグカップと一緒に持ってきた。ゆっくりと赤茶色に染まっていく湯は、窓から差し込む夕日と似た色をしていた。

「私は二十五章が好きでした」

「二十五章ってなんだっけ」

「人間世界に対する運命（フォルトゥーナ）の持つ力とそれと対決する方法について、です。なんだか色っぽいんですよ、あの章」

美津子はマグカップにそっと紅茶を注ぎ、僕に差し出す。そのときも、僕は彼女の指を見ていた。

美津子といるとき、いつも彼女の指を見ていた。紙に文字を書く指、ジェスチャーで何かを伝えようとするときの指、髪をかきあげる指。美津子とは別個の生命体のようなその指は、僕の視線を引きつけた。

指に宿る何かに触れたくて、思わずその手へと自分の手を伸ばす。

「どうしました？」

「いや、なんでもない」

僕はさっと手を引き、「始めよっか」と言った。

「ええ」

彼女は何事もなかったかのように紅茶に口をつけ、テーブルにある資料からコピーを数枚取り出す。僕も紅茶を一口飲んだ。舌の上に広がる苦味と鼻から抜けるふくよかな香りに心が休まるかと思ったが、紅茶の熱はざわついた内面を浮き彫りにした。

もう一度、彼女の手に触れる。美津子は静かに見上げ、じっと僕の瞳を見つめた。吸い込まれるように、顔を近づけ、唇を寄せる。しかし美津子は「だめです」と顔を背けた。

「あのときはしかたなかったけれど、次はもう、だめ」

「だめ？」

「そう。後戻り、できなくなります」

「後戻りなんて」

「お互いに、よくないです」

美津子の言う通りだ。次に一線を越えてしまえば、関係は今までとは変わってしまうに違いない。変わってしまったものは同じには戻らない。僕は、彼女に触れてはいけない。

そう思うのに「しかたなかった」という美津子の声が残響している。

僕は気を落ち着けるため席を立って窓の方に歩いていった。窓を開け、タバコに火をつける。冷たい空気がタバコに焦がされ、口の中に入ってくる。恵と喧嘩をした日も、確かこんな風に窓辺でタバコを吸っていた。

自分をかき回している違和感の正体が明瞭になっていく。他人と共有された『君主論』。いくつも書き込まれた男の手によって書かれた文字。

彼女はただの客だ。彼女を弄び、転がし、誘惑するのが僕の務めだ。

タバコを挟む指が小刻みに震えている。

美津子は僕に近寄り、「ごめんなさい」と言った。

「俺こそ、ごめん」

年齢のごまかせない彼女の手が、肩に触れる。

「睫毛、ついてるよ」

美津子にそう言うと彼女は瞼を閉じた。何もない頬をそっと摘み、唇にキスをする。

すると美津子は慌てて身体を離した。

「俺はもう、ここには来ない方がいいと思う」

ティーポットの中で踊るように動いていた茶葉は、いつしか底にたまり、まるで眠ってしまったようだった。

美津子の瞳は潤んでいた。やがて涙が頬を流れ、冷たいフローリングに垂れた。

「ごめんなさい」

彼女の言葉は僕に向けているようでもあり、ここにいない誰かに向けられているようにも思えた。僕はタバコを消し、再び美津子に唇を重ねる。青いブラウスの裾から手を潜らせる僕を、美津子は拒まなかった。

関係が歪んでいく。よくない方に。どうにかやめなければ。

しかし僕の身体は僕の魂から離れ、主体性を持ち、制御不可能な状態で彼女の肉体に溺れることを求めた。それはただの肉欲ではなかった。僕の魂から離れた肉体は、新たな個として魂を生じ、根源的な部分で美津子の肉体を求めていた。僕自身が本来持っていた魂はその肉体の魂に引っ張られ、導かれ、吸収される形で再び同化した。

僕は美津子の温かな果肉に包まれながら、運命というものの身勝手さを呪った。

マキャヴェッリは第二十五章でこう述べている。――運命は変転する、と。

そしてこうも言う。

――運命は女神であり、それを支配しておこうとするならば打ちのめしたり突いたりする必要があるからである。運命の女神は冷静に事を運ぶ人よりも果敢な人によく従うようである。それゆえ運命は女性と同じく若者の友である。若者は慎重さに欠け、より乱暴であり、しかもより大胆にそれを支配するからである。

13　インターン初日

「うまくいったよ」

夕焼けが青い夜に吸い込まれていく。

「よかった」

ＤＤＬ本社を出て最寄駅の恵比寿駅まで歩きながら、美津子と電話した。

インターン初日のワークショップでは企画担当を希望した。スタンダードなＲＰＧやパズルものから擬似恋愛ゲームなど、事前に準備していた五パターンのアイデアをチームにプレゼンしたところ、どれも悪くない評価だった。初日にしては大成功だろう。明日はいよいよ制作シミュレーションだ。

「今から会いにいっていいかな」

「だめ。気を抜かないで。明日終わったら、会いましょう」

僕らはすっかりホストと客の関係ではなくなっていた。反比例して恵との連絡は減っていたが、彼女もまた四月からの新生活に向けて忙しくしていた。

「じゃあ店に来てよ」

「まさか今日も店に出ようとしているの？」

「冗談だよ」

この二日間はチュベローズを休むことにしていた。水谷には母の容態が悪いと嘘(うそ)をついた。インターンだと素直に言えなかったのは、雫が辞めたいと言ったときの一悶着(ひともんちゃく)が頭をよぎったからだ。

外回りの山手線で新宿に向かい、中央線に乗り換えて帰宅する。この時間帯は店か美津子の家にいることが多く、家で過ごすのは久しぶりのことだった。

リビングでは母と芽々がテーブルの上で餃子(ギョーザ)を作っていた。どれが誰の作ったものかは一目瞭然だ。しゃがみこんで「芽々は下手くそだな」と言うと、彼女は汚れた手で僕の頬をつねった。

手を洗い、父の仏壇に手を合わせて、声に出さず今日の報告をする。それから僕も餃子作りに参加した。今夜の分だけではなく数日分作って冷凍するとのことだったので、かなりの量を作る予定だった。芽々が「恵ちゃん来ないの？」と言うので「今日うちで餃子やるけど、よかったらどう？」とメールした。一時間後には来られると返事が来たのでそう伝えると、芽々は嬉しそうに笑った。

母が餃子を焼くタイミングで恵はやってきた。何も手伝っていないことを申し訳なく思ったのか、来るなり皿や箸を並べ、餃子を焼くのも途中で母と代わった。僕はその様子を見ながら、ビールを飲んでいた。インターン初日がうまくいったことで、格別の味だった。

餃子にありつけたのは、午後八時を過ぎた頃だった。食事中、就活の準備はしてるのかと母に聞かれた。隣で恵が頷いている。二人にはインターンのことを伝えていなかったので、今日までの流れを美津子の存在を抜いて話した。

「すごいじゃん、DDLのインターンなんて」

「ここがうまくいけば、ほぼ入社できたようなもんだ」

餃子は感動するほどうまいというわけではない。でもこの凡庸さが今はちょうどよかった。にんにくが入っていないのは、おそらく飲食店で接客業をしているはずの僕を気遣ってのことだろう。

「芽々ちゃん、お兄ちゃんにゲームの会社に入ってほしかったんだもんね」

「うん」

芽々が餃子を嚙むのを止める。

「でもそれって来年だよね。そのときはちゃんと塾に行ってお勉強しなくちゃだから、もうゲームできないや」

芽々の意志は思っていた以上に強かった。彼女の頭には、自分が塾で勉強しているイメージがすっかりできている。

疲れていたのか芽々は食事の途中で、テーブルに突っ伏して寝てしまった。芽々を背負ってベッドに寝かせ、再び食卓に戻る。すると恵は「女の人から電話だよ」とからかうようにスマホを指差した。母もそれに便乗して「恵ちゃんがいるのに浮気なんて最低ね」と言うので、僕は「何ちゃんかなぁ」と無理やり笑みを作り、スマホを手に取った。画面を覗くとミサキの名前が表示されている。

「友達の彼女」

「どうだか」

通話ボタンをタップすると、電話口から怒鳴り声が聞こえた。

「助けて！」

ミサキが叫ぶようにそう言ったので、席を離れて「どうした」と尋ねた。

「雫が暴れてるの！　殺されちゃう」

「どこ」

「家！」

電話を切り、「ちょっと出かけてくる」と母と恵に伝えた。母は「やっぱり」とまた冗談めかしたが、恵は「明日もあるのに平気なの？」と心配した。

「ちょっと友達が大変みたいなんだ。なるべくすぐ帰る」

駅前でタクシーを拾い、雫の家の住所を伝える。改めてミサキに電話をかけたが彼女は出なかった。二十分ほどで雫の住むマンションに到着した。エントランスのチャイムを鳴らそうとしたが、思い改め手を止める。ミサキが僕を呼んだことを、雫は知らないかも知れない。だとしたら鳴らさない方がいいのではないか。前回のように誰かが出たり入ったりすれば中へ入ることができるが、こんなときに限って人の出入りがない。立ち止まりながら、焦りばかりが募っていく。

しかしなにかあってからでは遅い。覚悟を決めて、チャイムを鳴らす。反応はない。僕はチャイムを鳴らし続けた。数十回鳴らしたところで、応答のないままドアが開く。エレベーターで上がり、雫の部屋まで走った。

ドアノブを捻（ひね）ると鍵はかかっていなかった。開くと、室内は不気味なほど静かだった。奥へ行くにつれて不気味さは増していく。「雫、ミサキ」と声を発したが反応はなかった。リビングには服や空き缶や食器が散らばっており、その真ん中でミサキが倒れていた。駆け寄って彼女に呼びかける。呼吸はあるが、意識はなかった。殴られたような痕は特にない。一一九に電話をかけて救急車を要請する。まとまりのない説明だったが、十分も経たずして救急隊員はやってきた。隊員は「おそらく脳貧血でしょう」と言いつつ、担架に彼女をのせようとする。そのとき、ミサキの瞼がぴくりと動いた。

「雫は？」

目を覚ましたミサキが起き上がろうとするので、隊員と僕は彼女を制止した。

「雫はどこ？」

彼女は仰向けになったまま目だけをきょろきょろと動かし、部屋を見渡した。

「俺が来たときにはいなかった」

「お願い光也。雫を捜して。きっとまだこのへんに」

「今はミサキの方が心配だよ」

「私は大丈夫だから。捜さないとあの人大変なことに」

「だけど」

「私はひとりでなんとかなるから」

彼女の眼差しは初めて見るものだった。隊員たちは事件性を感じたのかしつこく救急車への同乗を求めたが、ミサキの思いに根負けした僕は自分の連絡先を伝えて「あとで必ず行きますからどうか今だけは」と頭を下げた。ミサキも「私が全部説明しますから」と頼み込むと、隊員たちは渋々僕らの提案を受け入れた。

マンションを離れ、とりあえず繁華街の方へと向かう。僕はあたりを見回しながら、一体誰がオートロックの解錠をしたのかを考えていた。

ミサキが倒れていた位置からオートロックを解錠するボタンまではかなり離れていた。解錠してからそこまで行って倒れるのは不自然だ。となると鍵を開けたのは雫しかいない。

チャイムを押したときに何が起きていたのかを想像する。あのとき、雫はまだ部屋で暴れていた。途中でミサキが倒れ、多少冷静になった雫はようやくチャイムに気づき、インターホンの画面で僕だと認識した上で解錠した。あとのことは任せるつもりだったのだろう。

だとするとエレベーターで上がっているときはまだ、雫はマンション内にいたことになる。すれ違うように階段で下りたか、あるいはマンションのどこかで隠れていたか。それでも現時点で雫が家を出てから二十分は経ったことになる。

ミサキはまだこのへんにいると言ったが、二十分もあればそれなりに遠くまでいける。タクシーや電車に乗ったのならなおさらだ。いや、今もマンション内に隠れている可能性だってあるのでは？

どこから手をつけていいのかさっぱりわからず、なんとはなしにチュベローズを目指す。そこからバッティングセンターを通って区役所通りへと抜け、靖国通りを曲がって新宿駅方面に歩きながら捜す。駅までに見つけられなかったら、諦めてミサキの病院に向かおうと思った。時刻は夜の十一時を過ぎており、明日のことも気にかかる。

ドン・キホーテの新宿歌舞伎町店を通り過ぎると、遠くで誰かが怒鳴り合っているのが聞こえた。三十メートルほど先で、雫が上背のある外国人と言い合いをしている。捕まえようと走っていくと、雫は僕に気づいて外国人を突き飛ばした。そして人々が駅へと向かう流れに逆らい、縫うようにして逃げていく。

僕は雫を必死で追いかけた。彼はときどきこちらを振り返り、関西弁で罵声を浴びせた。挑発されればされるほど、僕のスピードは増した。雫に追いつき、パーカーのフードを掴んで引き止める。すると雫はいきなり僕の頬に拳をぶつけた。あまりの衝撃によろけてしまい、道端に倒れ込む。彼はまた逃げようとしたが、気持ち悪くなったのかよたよたと電信柱にもたれかかり、嘔吐した。

雫に殴られた瞬間、僕の身体から雫を捕まえるという目的がすっぽりと抜け落ちた。

俯く男に飛び蹴りをかまし、馬乗りになって顔面を殴る。彼はガードしたが、構わず乱打した。顔面を潰してやろうと思った。そこが新宿の街なかだということはすっかり忘れ、雫の顔を彼の嘔吐物に押しつけた。

突然誰かに羽交い締めにされたので振り返ると、先ほどの外国人だった。そのまま脇腹に蹴りをくらい、首を絞められた。息ができなかったが首を伸ばして外国人の腕に噛み付く。

彼はとっさに手を離して屈んだ。自由になった僕は仕返しに蹴りを一発お見舞いし、改めて雫と対面する。雫は転がっていた空き瓶を拾うなり、僕に向かって投げた。かわすと、空き瓶は真後ろのバーにぶつかり、窓ガラスとともに粉々になった。店から女性の悲鳴が溢れる。

雫はまたも逃げようとしたが、いつの間にか集まっていた野次馬に取り押さえられた。

そのときの僕はもはや僕ではなかった。近頃、自分の中にもうひとり別の人間がいるような感覚がある。衝動的で理性が利かない、乱暴で利己的な、そして後先を考えない男。

もうひとりの自分は、雫を摑んだ野次馬を目がけて突っ込んだ。そして大きく振りかぶり、殴りつけた。そこからは乱闘になり、僕も見知らぬ人を殴っては殴り返された。最後にはねじ伏せられ、顔を踏まれた。いくつもの靴の向こうから、警察がやってくるのが見える。

そこで僕はいつもの男に戻った。彼はやけに冷静だった。このあと傷害罪と器物損壊罪で現行犯逮捕される。しばらくの期間留置となり、どこへもいけない。当然、明日のインターンにもだ。

警官に無理やり起こされると、地面で汚れた顔を手で払った。なぜか、どこにも痛みは感じなかった。

14　二重螺旋

　釈放されたのは二日後の昼だった。警察署を出ると二月とは思えないほど気温が高く、爛々とした日差しは僕をきつく責め立てた。

　駅前のベンチに腰掛け、スマホの電源を入れる。美津子や恵、母やＤＤＬ本社、ミサキが搬送された病院などからの着信履歴があった。ミサキからはメールもあり、「無事に退院しました。迷惑かけてごめんなさい。雫とは別れて、群馬に帰る。今までありがとうね」と書かれていた。

　美津子に電話をかける。彼女は出てくれたものの黙ったままだった。「ごめん」彼女とどう話せばいいかわからなかった。ただこれだけは言いたかった。何を言われてもしかたがないと覚悟していたが、美津子はしばらくあった後、「無事？」とだけ言った。

「無事だよ、身体はね」

僕は全て（すべ）の事情を話した。彼女は「そう」と小さく言った。落胆も憤怒もわずかに感じられたが、彼女はいたって冷静だった。

「次の策を練りましょう」

スーツ姿の男性が腕時計を見ながら通り過ぎていく。

「まずはどうしてインターンに参加できなかったかを人事の担当者にメールして。ホストのことは隠して、あとは全て事実でいい」

「わかった」

電話を切り、帰路につく。電車に揺られながら、美津子に言われた通りにメールを打った。

自宅には誰もいなかった。仏壇から逃げるように部屋に入ると、机には二日目に持っていくはずのインターンの資料が置かれたままだった。ゴミ箱に捨て、カーテンを閉めてベッドで一眠りする。

「お兄ちゃんが帰ってる！」という芽々の声で目が覚めた。僕の靴を見つけたのだろう、そのままドタドタと足音を立ててやってきて、僕を叩（たた）いた。

まだ寝ていたかったが諦めてベッドから下りる。芽々を抱えてリビングへ行くと、母もすでに帰宅していた。

「おかえり」

母の目は優しく、逆に居心地が悪かった。逮捕されたことは当日に警察から母に連絡が入っていた。芽々に「お母さんと話があるから、お部屋でゲームでもしてて」と伝えると、不満げにリビングから出ていった。

「心配させてごめん」

「言いたくなきゃ何も言わなくていいのよ」

ホストの仕事をしていると正直に打ち明けた。

「理由があるのよね」

そう言った母に対して僕はもう何も言わなかった。どんな言葉も全て言い訳にしかならない。

「恵ちゃんには正直に話すのよ。あの子、光太が逮捕されたって連絡が来たとき泣いていたんだから」

母はそう言い残し、台所の方へと歩いていった。

自室に戻り、恵に「帰宅しました。話があるので、今日どこかで会いませんか」とメールを打つ。知らず知らず敬語になっていたが、そのまま送信した。返事はすぐにきた。

――研修が終わったら光太の家に行く。あと二時間後くらい――

二時間と言っていた恵がやってきたのは、三時間を優に超えてからだった。

「ごめん、遅くなって。研修は終わったんだけど、同期たちがなかなか帰ろうとしなくて。私だけ帰るわけにもいかなかった」

部屋に入ってきた恵はスーツ姿だった。僕は何も言葉が出てこなくなり、間を埋めるように窓際に行ってタバコに火をつけた。

「話があるって呼び出したのはそっちだよね？」

窓の向こうから入ってきた風が、タバコの煙を散らす。

「全部説明して」

「全部って？」

「私に隠してること、全部」

恵は僕からタバコを取り上げ、灰皿に擦り付けた。

「バイト、何やってるの？　飲食店じゃないよね」

それから恵はクローゼットへ行き、苛立ちをぶつけるように開いた。

「こんなに服買える余裕、前はなかったじゃん」

彼女はきっと、逮捕される前から僕のバイトを怪しんでいた。

「ホストだよ」

吐き捨てるように言うと、恵はわかりやすく顔をしかめた。

ことの顚末(てんまつ)を話し、「就活はする。でも就職するまではホストは辞めない」と僕は続けた。

「よくないよ。去年だってバイト忙しかったから就活うまくいかなかったんでしょ。就活に専念しないとまた失敗するよ」

彼女は諭すようにそう言った。その表情はやけに自信に溢れていて、辟易(へきえき)してしまう。

「金が必要なんだよ」

「お金なんてなんとかなるよ。今は借金して、あとから返せば」

「なんとかなんねぇから、生活がこんなんなってんだろ」

彼女の強気な態度は、僕の嫌なところに爪(つめ)を立てた。

「じゃあお前が俺たち養ってくれんのかよ。家族の面倒見て、芽々の塾の費用出してくれんのかよ」

「だったらこの服とかアクセサリーとか、売ればいいじゃない。稼いだ分使ってたら、貯(た)まるものだって貯まらない」

そう言う彼女の胸元には、Mのネックレスが輝いていた。

「ホストしてたから、インターンだって参加できなかったんじゃない。ホストしてなければうまくいって、内定にかなり有利になっていたかもしれないのに、全部ホストのせいでぱぁになっちゃったんじゃない。そもそも、光太にホストなんてできるわけない。そんなの、全然光太に似合ってない。光太にはもっと自分に似合ったバイトも仕事もあるはず」

ゴミ箱を蹴飛ばすと、資料が床に散らばった。恵はそれを一枚ずつ拾い、整えて机の上に置いた。

「帰れよ」

「いや」

「帰れ」

恵の腕を摑んでドアを開けると、外に芽々の姿があった。

「恵ちゃん、帰るの？」

そう聞く芽々から目を逸(そ)らし、恵から手を離してベッドに入る。布団(ふとん)をかぶり、何も考えないようにした。芽々の声も、恵の声も聞こえなかった。

しばらくあって、ドアが閉まる音と電気のスイッチを消す音がした。恵が僕の布団をめくり、隣にやってくる。そして僕の頭を撫で、抱きしめた。もううんざりだった。早く眠ってしまいたい。しかし恵の存在が気になって、なかなか寝付けなかった。意識をどこかへ飛ばそうとしていると、恵が小さな声で「人のにおいがする」と呟いた。

彼女の言った「人のにおい」が、「人間のにおい」を指すのか「他人のにおい」を指すのかはわからなかったが、現に自分には他人のにおいが沁み込んでいるように思えた。身体を交えた美津子だけでなく、店に来る客やホスト仲間、それに恵。僕には人のにおいが染みついている。

考えているうちに、肌が泡を吹くような感覚に襲われる。いてもたってもいられなかったが、金縛りに遭い、身体が動かない。息も苦しい。頭の中で鬼王を想像し、「助けてください、助けてください」と何度も連呼した。

翌日の夜、久しぶりにチュベローズに足を運んだ。雫との一件はすでに仲間には伝わっているらしく、彼らは茶化しながらも快く僕を迎え入れた。

皆最近の雫にはやきもきしていたのだろう。彼と喧嘩したことで僕は一気にヒーローになっていた。もてはやすのはホスト仲間だけではなく、噂を聞きつけた雫の客が僕を指名したり、別のホストを指名している客からシャンパンをもらったりした。これまでと違う扱いに正直戸惑ったものの、今日の売り上げが過去最高になることは間違いなく、僕は心のうちで雫に感謝した。

雫はまだ警察に留置されていた。乱闘に関わった人間の証言が食い違っていること、そして窓ガラスを割られた店主が被害届を出したことで、取り調べが続いているらしい。僕が二日間ですんなり出てこられたのは、雫が「あいつは俺を止めに来ただけだ」と証言したからだと、警察は言っていた。

美津子がやってきたのは店が終わる一時間前だった。彼女はいつもと変わらず振る舞い、シャンパンを注文した。僕にはそれが歯がゆく、「本当にごめん」と頭を下げた。店では就活のことは話さないルールだったが、言わずにはいられなかった。

「謝らなくていい。むしろ私のせいなんだもの、この仕事をさせているのは」

「そんなことない」

「どこまで行っても、あなたの問題は全部私のせいなの」

「でも美津子と会えた」

思わず口をついて出た言葉は、むき出しの本心だった。生きた、ありのままの思いだ。

彼女が「えっ」と声を漏らす。

僕は自分自身を整理するように、ゆっくりと先の言葉を探した。

「美津子が俺を採用していたら、こんな風な関係にはならなかった。落としてくれたから、美津子にちゃんと会えたんだ。だから、俺を落としてくれてありがとう」

彼女はまっすぐ僕を見た。その表情からは何も読み取れなかった。ただひたすら僕の瞳を見つめ、やがて頷き、シャンパンを口にした。

仕事を終えたあと、美津子の自宅へと向かった。恵から電話があったが出なかった。

美津子に身を埋めながら、恵の言った「人のにおい」というものを思った。美津子の生きた四十年が、僕の皮膚を通って血に溶け、身体に吸収されていく。僕の中の美津子のにおいは増していき、やがて身体を支配していく。一方で美津子にも僕から醸し出されたにおいが移っていく。僕らは互いに身体を重ねながらにおいを交換している。そんなことを考えているうちに頭に浮かんだイメージは、僕と美津子が捻れて絡み合う様で、やがてそれは二重螺旋状の遺伝子構造へと変化していった。ゆっくり回転するその立体構造は僕たちの過去と未来を繋ぎ、結合し、そうしてひとつの物質となっていく。綱のように編まれた僕らはとても長く、果てしない。星いっぱいの夜空を、ひとつになった僕と美津子が横切っている。虹のように輝いているが、次第にうっすらとしていき、やがてぱらぱらとこぼれ落ちていく。

15　ライオンと花畑

散ったばかりの桜にはすでに青々とした葉がつき、儚げに思えた樹木はむしろたくましい様相を見せていた。構内を行き交う学生たちはさまざまで、新生活に怯えながらも期待しているもの、すでに友達を作りキャンパスライフを楽しもうとしているもの、どのサークルに入ろうか悩むもの、そして僕のようにただただ学生生活をこなそうとするものなど、たくさんの人間がいた。

前年度にわざと落とした単位は、最も試験が容易で出欠も取らないものにしていた。なので改めて授業に出て勉強する必要はない。それでも大学に足を運んだのはちょっとした気分転換のつもりで、散歩と呼んでも差し支えなかった。

もともと大学の友人は多くなかったが、これほどまで顔見知りがいないのは初めてだった。すぐに退屈になり、喫煙所へ寄る。学生たちのはしゃぐ声を聞きながらタバコの煙を吸い込むと、自分の時間だけが止まっているような気分になる。

吐き出した煙は立ちのぼり、桜の葉に搦め捕られ、かき消された。その光景をしばし眺めていると、どこかから「光也！」と呼ばれた。源氏名で呼ばれたことに、思わず指に挟んでいたタバコを落としてしまう。

あたりを見回して声の主を探すものの、心当たりの人物はいなかった。懐かしい声だったが、誰のものか思い出せない。落としたタバコを拾い上げると、真後ろからもう一度「光也」と声が聞こえた。

そこにいたのは髭を生やしたメガネの青年だった。彼は微笑んで「久しぶりだね」と言った。そのときになってようやく亜夢だとわかった。柔らかくカールしていた髪も短く切りそろえられ、別人のようだった。それでも亜夢独特のあどけなさは、焼肉屋で会ったあの日のままだった。

呆然と立ち尽くしていると、彼は「就職留年するって言ってたから、ここに来れば会えるかなって思ったんだけど。まさか本当にいるなんてね」とさらに笑って言った。

僕はもう一度タバコに火をつけた。こんがらがった頭を落ち着かせる時間が欲しかった。

亜夢は財布から五千円札を差し出し、「これ、返しに来た」と言った。

「借りてた焼肉代とカラオケ代」

チュベローズから遠く離れた大学ではあるが、万が一でも関係者に見られてはまずいと思い、人の少ない教室棟へと連れていく。三百人ほど入る大教室が空いていたので忍び込み、一番後ろの机に二人で腰掛けた。

「あれから大変だったんだぞ。本当に金持ち出したの、亜夢なの？」

「僕だよ」

あっけらかんとそう言う亜夢に、呆れることすらできなかった。

「でもお金に困っていたわけじゃないよ。ただ頼まれただけだから」

「誰に？」

亜夢は階段を下りて教壇の方へ歩いていった。しかたなくついていくと、「光也はまだチュベローズにいるの？」と聞いてくる。

「いるよ」

「売り上げは伸びた？」

「先月はナンバーワンだった」

雫の一件が呼び水となり、指名が絶えず入るようになった。そして人気が人気を呼び、僕のもとに上客が集まった。ホストは客に育てられるというがまさにその通りで、あらゆる相手に対応しているうちに求められる態度や振る舞いがわかってくる。かゆいところに手が届く。そんな気遣いを心がけつつ、時に突き放したり、甘やかしたりする。テーブルの空気を掌握する術を、僕はすっかり心得た。そして数ヶ月前が嘘のように、僕は一流ホストの仲間入りを果たした。

「でも就活の準備があるから、今月からは厳しくなるだろうな」

そっちも順調に進んでおり、採用試験を受ける会社の目処も立った。昨年受けていない会社を中心に四十社ほど選定し、エントリーシートの提出もすでに始めていた。そのひとつに、大手老舗ゲームメーカー「ＡＩＤＡ」がある。「ＡＩＤＡ」は「ＤＤＬ」の親会社だ。

エントリーを提案したのは美津子だった。インターンの失敗も、もしかすれば「ＡＩＤＡ」で活かせるかもしれない。彼女はそう考えた。警察から釈放された日、すぐさま人事に事実を伝えろと指示したのは「ＡＩＤＡ」への転向を狙っていたからだ。実のところ、美津子は「ＤＤＬ」の設立前は「ＡＩＤＡ」で働いていた。なのである程度勝手がわかるとのことだった。

「すごいね」

「でも亜夢がいたら、俺はナンバーツー止まりだったよ」

「そーかもねー」

亜夢はそう言って両肩を交互に上下させ、おどけてみせた。

「で、なんで金、持ってったんだよ」

彼は両肩を動かしたまま、「じゃーそろそろいくわー」と階段を上がろうとする。

僕はすかさず亜夢の腕を掴み、強引に振り向かせた。

「ふざけんな。ちゃんと話せよ」

睨みつけて彼に顔を近づける。亜夢は目を逸らさなかった。

「秘密、守れる？」

「ああ」

亜夢は観念したように息を吐き、ホワイトボードの前に立って、置きっぱなしのマーカーを握った。

「こんな話があります」

それからホワイトボードに無数の花とライオンを描いていく。うまくはないが、特徴を捉えた可愛らしいイラストだった。

「とある花畑に、一匹の王様ライオンがいました。王様ライオンには長年連れ添った雌ライオンと二匹の子供がいましたが、とっても女好きなので他にも愛人のライオンがたくさんいました。そのうちの一匹の愛人ライオンに子供ができました。ところが子供ができたことを面倒に思った王様ライオンは、その愛人ライオンに『産むな』と命令しました。しかし愛人ライオンはどうしても子供を産みたかったので、王様ライオンに逆らって逃げました」

話に合わせ、イラストが描き足されていく。

「愛人ライオンが隠れた場所は花畑とは似ても似つかない、薄暗くて汚い洞窟でした。そこで子ライオンを産み、女手ひとつで育てました。家庭はとても貧しく、子ライオンはいじめられっ子でしたが、それでもなんとか大きくなっていきました。あるとき子ライオンは疑問に思いました。『どうして僕にはパパがいないんだろう』。愛人ライオンは『パパはあなたが生まれる前に交通事故にあって死んでしまったの』と嘘を言いました。子ライオンはずっとそれを信じていました。しかしあるとき本当のことを聞かされます。『あなたのパパは王様ライオンなのよ』。愛人ライオンは子ライオンにそう伝えたあと、すぐに死んでしまいました」

「その子ライオンって」と口を挟むが、亜夢は無視して「この話はまだ先があります」と続けた。

「ひとり取り残され、苦しい生活を余儀なくされた子ライオンでしたが、自分にも王様ライオンの血が流れていると知り、わくわくしました。決心した子ライオンは王様ライオンに会いにいき、そして言います。『僕は愛人ライオンの子供です』。しかし王様ライオンは反応しません。愛人ライオンのことも忘れているようでした。子ライオンはがっかりしましたが、話をやめません。『僕も王様ライオンさんみたいにすごくて強いライオンになりたいです』。王様ライオンはこう返しました。『俺の下で働け』。そうして子ライオンは花畑で働くことになりました」

ホワイトボートに描かれた花は確かにチュベローズの花に似ていた。

焼肉屋で亜夢が言った「証明」という言葉が頭を駆け巡る。

「子ライオンは王様ライオンに認められるように一生懸命頑張りました。花畑にお友達もできました。ある日、子ライオンは王様ライオンに呼び出されました。きっと褒めてもらえるんだろうと思いましたが、王様ライオンから告げられたのは、とある計画でした。それは先輩ライオンから鍵を奪い、金庫の金を盗むというものでした」

亜夢が金庫の番号を知っていたことにやっと合点が行った。考えればわかりそうなのに、この事件の黒幕にどうして気づけなかったのだろう。

「『金は俺に返し、お前はしばらく身を隠せ。そうすれば認知してやる』と、王様ライオンは言いました。子ライオンは言われるがまま、その計画を実行し、花畑から少し離れたところで隠れていました」

そこまで話して亜夢は口を閉ざした。

僕やほかの従業員たちが水谷をパパと呼んだとき、彼はどのように感じていたのだろうか。そして亜夢自身が水谷をパパと呼んだとき、何か救いはあったのだろうか。

改めて亜夢を見つめた。海の深い部分を覗(のぞ)き込んだときのように、胸のあたりがすっと涼しくなる。

「まだ話は終わってない。どうしてその子ライオンは友達のライオンのところに突然顔を出したんだ」

「お金を、返しに来ただけだよ」

「嘘なんだろ」

教室に自分の鋭い声が反響した。

「あの人、豆腐食べないでしょ」

そういえば水谷とチゲ鍋(なべ)を食べたとき、豆腐はいらないと言っていた。

「稲荷鬼王神社にね、豆腐を奉納して豆腐を断つと病気が治るって言われてるんだよ。だからあの人は豆腐を食べないんだ」

だから水谷は稲荷鬼王神社に毎日参拝している。

「具体的な病名は知らないけど、きっと命に関わる病気なんだよ。先が長くないとわかっていて、愛人の子を認知するはずなんてないんだ。あの性格からして、自分の財産を誰にも渡したくないだろうしね。そもそも、僕を息子だなんて思ってないよ。それに」

亜夢が静かにホワイトボードの絵を消していく。

「どうしてこんなことをさせたのか、わかったんだ」

ライオンや花のイラストはぐちゃぐちゃになり、やがてなくなった。

「雫さんを引きとめるためだよ」

授業の終わりを知らせるチャイムが天井から鳴り、隣の教室から物音がした。

「だからあの人は雫さんから鍵を借りろって指示した。僕なんかより売り上げを出す雫さんの方が大切だったんだ。だけど、別にそれはいいよ。いつかナンバーワンになれば僕もきっと大切にしてくれる。こうなったらそのチャンスすらない」

学生たちの声が廊下から漏れてくる。

「僕はもう歌舞伎町にすら行けない。金を持ち逃げした犯人だからね」

「死んだことになっている」

「それは、あの人の指示？」

ためらいつつも首を縦に振ると、彼は力なく笑った。

「僕はどこか遠くに行こうと思うんだ。海外とかね。あの人から隠れるための金はいくらかもらっていたから、どうにかなると思う。その前にね、もう一度光也に会いたかった。人生唯一の友達だからね」

恥ずかしげもなくこんなことを言える愚直さが、彼を苦しめているんだろう。そう思わずにはいられなかった。

ひとりの学生が教室に入ってきたので、話はそこで途切れた。僕たちは教室を後にした。

廊下に出ると学生たちで溢れ、混雑していた。人ごみに紛れながら、外を目指す。途中、「また会えるよな」と亜夢に言った。しかしその声は学生たちのざわめきにかき消されて亜夢には届かなかった。もう一度言おうとしたとき、学生たちが僕らの間を横切り、亜夢とはぐれた。

その後、彼を探したが見つからなかった。諦めて帰ることにし、ポケットに手を入れる。亜夢からもらった五千円札が指に触れた。どこからか、レモンのにおいがした。

16　最終面接

例年より長い梅雨は就活生たちの活力をじりじりと腐らせ、梅雨が明けてもなお、照りつける暑さが彼らの神経をすり減らしていた。

しかし僕の就活は昨年とは比べものにならないほど好調で、前回は一社のみだった最終面接も今年は五社、そのうち一社は第一志望の「ＡＩＤＡ」だった。美津子の計画がうまくいっていることに加えて、チュベローズで働いた経験も大きく、人前で話すことに抵抗がなくなっていた。それに相手の顔を見れば、自分の言うべきことが何なのか感じ取れた。昨年は苦痛でしかたなかったはずの就活を楽しいと感じる自分の進歩に、思わず頬が緩んだ。

五社のうちすでに最終面接を終えた二社からは内々定をもらっており、「ＡＩＤＡ」以外の二社でもここまで好感触を得ていた。だが肝心の「ＡＩＤＡ」に関しては、ずっと手応え（てごた）えがなかった。特に自分というキャラクターが響いた感じもなければ、「Ａ

IDA」がどのような人材を求めているのかもわからず、なのに最終面接に呼ばれた。それがまた僕を迷わせ、今後の対策と方針をどうすべきか悩ませた。しかし昨年の二の舞いにならないためにも、最終試験では役員全員の心に残る面接をしたい。

美津子が「AIDA」にリサーチしたところ、最後は圧迫面接の可能性があるらしかった。どんなものか聞くと、「それはわからないの」と彼女は答えた。

「どの新入社員に聞いても絶対に話そうとしないのよ」

ネットにもその手の噂はあったが、具体的な体験談などはどこにもなく、一流企業を妬んだ誰かが流したデマだと思っていた。しかし昨年面接を受けた社員が言うのであれば、圧迫面接は事実なのかもしれない。内容を言いたがらないという点は気になるものの、「AIDA」の最終面接に向けてできる限り準備をする。

面接当日、昨晩磨いたばかりの革靴に足を入れると、緊張は一層高まった。美津子がネクタイの位置を整え直し、「頑張ってね」と僕に微笑む。

「練習してきた通りにやればきっとうまくいくから」

「うん。行ってくるよ」

振り返ってドアを開けようとすると、美津子が僕を呼びとめ、キスをする。

「いってらっしゃい」

外は猛烈な暑さと湿気で、背中に汗が滲み、シャツが肌に張り付く。

駅のホームには黒いスーツに身を包んだ若い男女がちらほらいて、同じ状況の人間がいることにどこか安心した。しかし彼らが「ＡＩＤＡ」の最終面接へ向かっている可能性もある。仲間意識は敵対心へと変わり、気合を入れ直す。電車に乗り込み、効きすぎているクーラーの下で、何度も繰り返した面接のシミュレーションを思い浮かべる。

聞かれるかもしれない質問を想定し、それに適した返答を脳内で組み立てる。どの質問にも滞ることなく答えることができた。コンディションは良さそうだ。

電車を降りる前に恵に連絡しようかと思ったがやめた。あれから連絡を取り合う頻度は格段に減り、もはや自然消滅しているような状態だった。別れてもいいのだが、家族と恵の関係もあり躊躇していた。

母も芽々も恵を家族のように愛していたので、恵がうちにこなくなり、寂しがっていた。芽々は僕を恨み、距離を取るようになった。通い始めた塾のことも母にばかり話した。芽々の反抗的な態度が許せなかったが、このままではよくないと思い、誕生日プレゼントは奮発した。直接渡すのは気まずかったので、机に置いておいた。後日見ると、プレゼントの封はまだ切られていなかった。

青山一丁目で下車し、近くのカフェで忘れ物がないか確認してから「ＡＩＤＡ」へと向かう。本社の前には「ＡＩＤＡ」が生み出したキャラクターの銅像が並んでおり、その中にはマジローもいた。ビルの上には「Ａ」というシンプルなロゴが大きく立っている。

自動ドアを抜けると、受付に数人の列ができていた。手続きを済ませて指定された会議室へと行く。会議室の前の廊下には椅子が並んでおり、そこで時間が来るのを待った。

最終的に集まったのは自分以外に四人だった。メガネをかけている人間はひとりもいない。「誰もメガネをしてなかったら光也はかけて。その方が印象に残るから」。美津子に従い、カバンから黒縁メガネを取り出す。

人事担当の女性が会議室から出てきて、「それではみなさん、名前を呼ばれた順にお入りください」と言った。誰かの生唾を飲む音がする。僕が呼ばれたのは最後だった。

入ると六人の男が窓を背にして座っていた。そのうちのひとりに見覚えがある。彼は昨年の「ＤＤＬ」の最終面接で、美津子の隣に座っていた。フレームの厚いメガネ、片耳だけにはめたワイヤレスイヤホン。いかにもビジネスマンというその姿が印象的で忘れられなかった。他の面接官はみんな中年体型の男性だったが、彼だけは体躯も良くて若々しく、一際目立っていた。

今年から「ＡＩＤＡ」に戻ったのだろうか。それとも共通の人事なのか。「ＤＤＬ」で不採用になったのは美津子の独断だと聞いているので、彼は僕に好意的だったと考えられる。今日もそうなればいいが。

彼は着席を促し、「では最終面接を始めます。私は八千草と申します」と口を開いた。その声は低いものの、聞き取りやすかった。

「まずはそちらから、氏名と大学名を言ってください」

それぞれが名前と大学名を言っていく。皆自分より偏差値の高い大学だった。あまり悲観的にならないように努め、堂々と自分の大学名を伝える。

続いての質問は自分の長所と短所についてだった。定番の質問なのですでに他社で何度も聞かれていた。「長所は人のために一生懸命尽くせることです。短所は自分を過信してしまうことです。うちには父がおらず、母も体調が悪いため、年の離れた妹と母を養わなければなりませんでした。ですのでアルバイトをいくつも掛け持ちしながら大学に通っていました。しかしそのせいで何度か体調を崩しました。自分ならできると頑張りすぎてしまう性格は、ときに他人に迷惑をかけますので、直したいと考えています」と以前と同様に答えた。

それに対し、面接官は決まって「君は大学に五年行っているね。それもアルバイトのせい？」と言う。「AIDA」でも同じだった。

「はい。これも自分を過信して失敗してしまったことのひとつです。結果、学業に専念できず留年することになりましたが、卒業に必要な単位はすでに前期の授業で修得できていますので、学力に問題はありません」

短所も長所であるように話すといい。これはチュベローズで身につけたテクニックだった。会社のために尽くせるというアピールは悪くなかったはずだ。

それから一般的な質問が三問ほど続いた。どれもこれまでの面接と、ほとんど同じだった。言葉を選びつつも、はっきりと答えていく。

「では、皆さんそれぞれに最後の質問です。まずはひとり目の桑原夕実さん。あなたは大学のゴルフサークルで副部長をしていたとありますが、なぜゴルフサークルを選んだのですか」

彼女は立ち上がって「ゴルフは社交的なスポーツですので社会に出てからも役に立ちますし、知識があれば会話にも使えると思い、大学生から始めました」と、溌剌とした口調で言った。

「なぜ部長にはならなかったのですか」

「自分よりも上手で経験もある男性の同級生がいたので、彼の方が私よりも適任でした」

「では具体的に副部長としては何を」

「部長は技術面を後輩に教えていたので、私はスケジュールの管理や後輩たちのケアを主に担当し、ムード作りなどを積極的に行いました」

「そういえば大田さん、妹さんの息子さんは桑原さんと同じ大学だったのでは」

面接を仕切っていた八千草はそう言って右を向いた。

「それにゴルフサークルだったとか」

「あぁそうだが」

桑原の髪から覗く耳が、ぴくりと動くのが見えた。

「あ、そうか君があの桑原さんか。名前を聞いたことがあるよ。甥もゴルフサークルでね。たぶん、桑原さんのひとつ下の学年だ。何度か君の話をしてくれたよ」

八千草が感心したように大きく頷いた。

「それはそれは。どのようなお話ですか」

「いや、彼女ね、サークル内の同級生数人と身体の関係をもっていたらしく、それが

質問はまだまだ続いた。

「あなたはホストをしていたことを誇れますか？」

「誇れますが一生の仕事にする気はありませんでした。あくまでアルバイトと同じような感覚であり、内定を頂ければすぐに辞めるつもりです」

面接官が内心せせら笑っているのが見て取れたが、僕はあえて強気に発言した。

「ホストは誤解されやすい職業ですが、人を喜ばせるという点で御社のビジネスとも共通しており、私がホストで培った経験は『ＡＩＤＡ』にもよい影響を与えられると確信しています」

ほぉ、と数人の面接官が感嘆するような声を漏らした。

「よい影響ですか」

それまで背もたれに寄りかかっていた八千草は前傾し、覗き込むようにこちらを見た。

「あなたは今年の二月、『ＤＤＬ』のインターンに参加していますね？　初日は来ていたのに二日目には来なかったのはどうして？」

「私の友人が突然いなくなったので新宿で捜していたら、街で乱闘に巻き込まれ、逮捕されました」

『DDL』の人事担当に送ったメールと同じ内容をそのまま口にした。

「まさかその友人とは、ホスト仲間ではありませんか？」

隠していた日記を勝手にめくられるような気分だ。面接というよりも尋問に近い。

「その通りです」

そこにいる全員が僕の内にある野蛮さを探ろうとしている。

「ホストをしていたために、あなたはうちのグループ企業のインターンに来られなかった。二日目、あなたのチームはどうなったと思いますか？　舵を取っていたあなたがいなくなり、よいものが提出できずみんなインターン失敗、採用には至りませんでした。いい人材だったかもしれないのに、あなたは自分のみならず仲間も活かせなかった。それでもあなたはホストの経験がうちによい影響をもたらすと？」

頭が熱くなるのを、どうにか抑える。

「どうしてまた我が社を受けにきたのです？　それも親会社である『AIDA』を。まさか一度不採用になりインターンでも失敗してしまった『DDL』に行けないのなら『AIDA』を受ければいい、という安直な理由ではないですよね？」

八千草はどんどん早口になり、捲したてるように話した。

「そもそもですが、うちは就職のために留年した人間を採用することはありません。

たとえ『ＡＩＤＡ』を受けるのが初めてであろうと、あなたが採用されることは絶対にないのです。それでもなぜあなたが枠に限りがあるインターンに呼ばれ、『ＡＩＤＡ』の最終面接まで来られたかわかりますか。どうしてしつこく我が社に来るのかという、ただの興味です。あなたのこと、調べさせてもらいました。この一年間のあなたは確かに面白かった。ただ、うちにはふさわしくない。というより就職に向いていないんじゃないですか。昨年は全社不採用だったのでしょう。就職は諦めて、ホストとして生きていけばいいじゃないですか。その方があなたらしいと思いますけどね」

一年前、新宿で吐いた日を思い出す。テキーラのにおい、ガードレールの「憂鬱（ゆううつ）」の文字、いたたまれない劣等感。

衝動的にホストの男を殴ったあの瞬間の、自分とは別の何かが自分の身体（からだ）を突き動かしたような感覚が鮮明に蘇（よみがえ）る。

「ご着席ください」

知らぬ間に握られていた拳（こぶし）は小刻みに震えていた。

鬼王の姿が頭に浮かぶ。僕に向かって咆哮（ほうこう）する鬼王はおぞましく、糾弾しているようにすら思えた。しかしその光景はあの本の一節を思い起こさせた。

「ある君主の頭脳がどの程度のものかを推測する場合、まず彼の近辺にいる人間を見るのがよい」

　立ったまま僕がそう呟くと、書類に何かを記入していた八千草は顔を上げた。

「もし彼らが有能かつ忠実であれば、この君主は有能な人材を見いだし、それを忠実たらしめる術を知っているのであるから、賢明であると評価してよい」

　何度も読んだ本の一節を口にすると、八千草は右の眉をくっと上げて「『君主論』かい?」と言った。

「『ＡＩＤＡ』の社長が頭脳明晰な方であるならば、きっと皆さんも有能なのでしょう」

　窓の向こうに再びカラスの群れが現れ、旋回する。

「皆様を有能だと信じ、失礼を承知で言わせていただきます。八千草さんがたくさんの方に迷惑をかけた私を非難するのはごもっともです。しかし私はとても厳しいホストの世界で半年も経たずナンバーワンにまで上り詰めました。はっきり言ってそれは御社の誰にもできないでしょう。社交性のなかった私がなぜそこまでいけたかといえば、サービス力だけではなく、『狐のような狡知』と『獅子のような力』を持ち合わせていたからです。ホスト仲間を助けたために逮捕された、と言いましたが、本心は彼を助けるためだけではありません。もともと不動のナンバーワンだった友人は落ちこぼれて以来周りから嫌われていました。そんな彼と殴り合ったとなれば僕の評判は上がり、噂(うわさ)は客にまで届くと考えたからです」

狐と獅子の話をしたとき、八千草はふっと笑った。彼が『君主論』を知っていたのは幸運だった。

噂が広がる計算なんてしていない。あのときはただ無我夢中で動いていただけだ。一発逆転を狙うにはこの方法しか浮かばなかった。

「インターンに参加できなかったことで多大な迷惑をおかけしましたが、人のために動いたとなれば、企業に面白がってもらえる可能性もあるだろうと考えました。ですので人事の方には正直にメールをさせてもらいました。就職留年をした私を採用できないのはわかります。『DDL』社のインターンでご迷惑をおかけしたことも反省しています。しかし昨年とは比較できないほど私は打算的になりました。きっと御社でも役に立つと思います。最後に面接官の皆さんが優れた方々であると信じ、言わせてください。『君主は自ら才能のある者を愛し、一芸に秀(すぐ)れた者を尊敬する人間であることを示さなければならない』」

そう言い切って、着席した。面接官のひとりが「生意気な」と声を漏らしたが、横にいる受験者たちからはかすかな賞賛を感じた。

会議室から出ると僕は我に返った。そして自分の厚かましさに恐ろしくなり、ゾッとした。さっきの自分は自分じゃなかった。きっと鬼王に憑依されていた。それが今ふっと抜け出し、自分のしでかしたことに全身が一気に冷たくなった。

ＡＩＤＡの本社を後にすると、先ほどまで照りつけるようだった太陽は灰色の雲に隠れ、輪郭がはっきり見えた。

美津子に電話をかけたが出なかった。電車の中でどのような面接だったかをメールし、新宿へと向かう。駅を降りてガードレールを見にいくと、「憂鬱」の文字は塗り直されて消えていた。昨年と同じようにやけ酒する気でいたが、あまりにもお腹が空いていた。牛丼にするか迷った挙句、歩いて立ち食いそば屋を目指す。近くなると出汁のいいにおいがして、落胆しているにもかかわらずお腹からは甘えたような音がした。お昼時を少し過ぎていたからか、店内は思ったよりも空いていた。ダブル海老天そばを頼み、ネクタイを外す。すると帽子を目深に被ったひとりの男が店に入ってきた。

男が食券を店員に渡す。その瞬間、僕は驚いた。ずいぶん太っていたのですぐにはわからなかったが、彼は雫だった。彼も僕に気づき、互いに「おう」と挨拶をした。

雫は釈放されてからチュベローズに一度も来ておらず、もはや辞めたも同然だった。

水谷との交渉がどうなったのかわからないが、口座にある金を全て渡したらしいという噂が店では流れていた。一度家を見に行ったがすでに引っ越していて、雫はいなかった。

彼が離れた席に座ったので、僕はでき上がったそばを持って隣に移った。

「どうしてたんだよ」

雫の顎(あご)は電線のようにたわんでいて、かつての精彩はどこにもなかった。

「自分こそなんや、スーツでピシッときめて。就活でもしてんのかいな」

「ああ、たった今ね」

彼は僕を睨み、「お前とは住む世界がちゃうな」と面倒くさそうに言った。

「今日はあんまりうまくいかなくてさ。そばでも食ってやけ酒しようかなって」

煙たがられても気にせず話しかけた。面接を終えた解放感と、自棄(やけ)っぱちな気分がそうさせた。

「一年前もそんなことしとったな」

「まさかここで会うとは」

「ほんまやで、お前の顔見たらそばまずくなんのに、なんでおんねん」

「子供、生まれたのか」

雫はあからさまに嫌な顔をし、大きくため息をついて「二ヶ月や」と言った。

「会ってないのか」

「会えへんやろ、こんな状態で」

雫のそばができ上がったので彼は身体を重そうに持ち上げて取りにいった。そして背中越しに、「ってかお前知っとるやろ、ミサキとできとってんから」と言った。

「できてねぇって何度言えばいいんだよ。むしろ雫のために会ってたようなもんなのに」

「もぉ嘘はええて」

「嘘じゃねぇよ」

戻ってきた雫は僕から離れて、さっきとは別の席に座った。

「ほんならなんや、俺ら嘘で揉めとったんかい」

雫の声に生気はほとんどなかった。僕はまた雫の隣に移動し、「ミサキは本当に雫に独立する気があるのか知りたかったんだよ。それに他のホストも育てなきゃいけなかったろ？　だからまず俺に雫超えろって」と説明した。

「まんまと超えて行きやがったな」

僕のそばも雫のそばも、二本の海老がクロスするように重なっていた。

「雫がずっとやる気だったら、俺は抜かせてない」

雫はそばに七味を振りかけ、「なんやろなぁ、なんかもう頑張れんくなったわ。それもこれも全部亜夢のせいや」と吐き捨てるように言った。

「その亜夢のことなんだけど」

真っ赤になった雫のそばは、水谷と食べたあのチゲ鍋を思い起こさせた。

「雫、まだやる気あるか？」

彼は思い切りそばを啜り、そして咳き込んだ。水を飲み、僕の目を覗き込む。その瞳にかつての輝きはなかったが、彼を見放すことはできなかった。

「何をや」

ここで雫と再会したのも、きっと運命だ。

「やるだろ、ホスト」

二十三歳の夏、僕は雫をホストに誘った。

18　戻るべき場所、行くべき場所

　全ての面接が終わった。結果は三社から内々定を獲得、一社は不採用だった。問題の「ＡＩＤＡ」からは、面接から三週間が経っても連絡がなかった。採用の可能性があるとは思えないが、昨年の「ＤＤＬ」は一週間以内に不採用の通知が来ていた。そのためなかなか見切りがつけられず、今も気の休まらない日々が続いていた。

　美津子とは最終面接の日から会えていなかった。仕事のトラブルでばたついていて、しばらく会えないとのことだった。自分としても「ＡＩＤＡ」の結果が出てから会いたかった。それにホストを卒業する準備を進めなくてはならず、やることがたくさんあった。

　チュベローズを辞めるのは、簡単ではない。雫と同じように辞める際に揉めたホストは他にもいて、皆一様に水谷の前に打ちのめされた。特に人気のホストだと、水谷はあらゆる方法でしつこく引きとめた。ある人は水谷に金を払い、ある人は身体を壊すまで働かされ、店から逃げた人間は二度と歌舞伎町に入れなかった。水谷から目をかけられていた自分がそうなるのもわかりきっている。だからこそ、入念な計画が必要だった。

八月の終わり、水谷が参拝にくる時間を狙って稲荷鬼王神社へ向かった。境内に入ると夕日に照らされた水谷が長い間手を合わせていた。参拝を終えた水谷は、僕に気づくと「おお、光也。どないした？」と微笑んだ。

「パパ、お話が」

僕の様子から話の内容を察したのか、水谷は「暑いから中で話そか」とチュベローズを指差した。水谷のシミだらけの額からは小粒の汗が滲み出ていた。

店に入ると水谷は「スタッフルームに行くか」と言ったが、「こちらでお願いします」とテーブル席へ促した。二人きりになるよりは、万が一のことも考えて従業員の視界に入る場所の方がよかった。

彼が座るなり、僕は頭を下げた。

「チュベローズを辞めさせていただきたいと思っています」

就活同様、何度もシミュレーションした言葉を口にする。

「もともと就職先が決まるまでの期間限定で働くと決めていました。なのでそろそろ夜の仕事は辞めようかと」

見ると、水谷は遠くを見ながらハンカチで汗を拭っていた。顔全体を拭き終わると、

「辞めんのはかまへん。でも条件がある。お前の最高月売上を上回る人間を三人作ったら辞めてええ。守らんかったらどうなるか、お前もここで働いて短くないんやからわかるやろ」と言った。穏やかな声にもかかわらず、身体に寒気を感じ、震える。しかしそれを振り払い、言葉を返す。

「すいません。それは無理です」

水谷はハンカチを置き、葉巻に火をつけて吸った。

「ほぉ。なんや就職でお偉いさんにでもなった気か」

そして僕の顔に煙を吹きかける。

「なめとったら二度と働けん身体にしたんで」

「それでも抜けると言ったら」

「そんなことできひん！」

水谷の声に従業員たちが一斉に視線を向ける。

「亜夢のときみたいに誰かが金を持ち逃げするからですか」

そう言うと、水谷は煙を一気に吐き出し、目を見開いた。

「雫を辞めさせないために亜夢を使ったんですよね」

水谷の瞳は血走っていた。手の甲に浮かぶ太い血管は蛇のようで、今にも噛みつきそうだった。

「でまかせ言うな」

彼は僕の胸ぐらを摑み、ぐっと顔を寄せた。くわえていた葉巻が頰に触れそうで熱かったが、それでもどうにかポケットのスマホを出してボイスメモを再生した。それは大学での亜夢との会話を編集したものだった。

――どうしてこんなことをさせたのか、わかったんだ――雫さんを引きとめるため――だからあの人は雫さんから鍵を借りろって指示した。僕なんかより売り上げを出す雫さんの方が大切だった――

「なんや、これは」

僕の胸を摑む水谷の手に、じりじりと力が入っていく。

「亜夢が真相を話してくれました」

水谷の顔は醜く歪んでいた。

「嘘つけ、そんなんあるわけないやろ」

「本当です」

あのときスマホで録音したのは、何も今を見越してのことではない。彼の話を一語も聞き逃したくなかったからだ。亜夢は勝手なことをした僕を許さないだろう。でも彼が知ることはない。彼はもう、誰とも会えない。

「だからなんや？　こんなもんでわしを脅せると思ったか」

彼は落ち着いた口調でそう言い、僕から手を離して葉巻を灰皿に擦りつけた。彼が見せた余裕がやけに癇に障った。身体が先ほどとは違った震えを起こす。

気づけば僕は水谷の胸ぐらを摑んでいた。

「あなたが守りたかったものはなんですか」

顔を寄せ、彼の額に自分の額をつけた。葉巻の香りが鼻につく。

「雫ですか。その雫はどうなりましたか」

水谷の分厚い手が僕の頬を張った。しかし僕は彼の襟を決して離さなかった。

「亜夢はパパのことを信じてました。なのにあなたはそんなこと気にも留めず、濡れ衣を着せて、死んだことにした。たとえ愛人の子でも、血が繫がっているんでしょう、それなのに」

「やかましい！」

再び頬が鳴る。それでも僕は口を閉じることができなかった。

「雫がいなくなって、チュベローズはどうですか？　売り上げは伸びましたか？」

雫の記録にはまだ誰も到達していなかった。

「返してください。俺たちの憧れだった雫を。俺の友達だった亜夢を」

三発目の張り手はあまりに強烈だった。僕は椅子から滑り落ち、床に倒れた。そして水谷は馬乗りになって、ありとあらゆる罵声を浴びせた。それでも僕は屈することなく「あなたは間違っている！　それを認めてください！」と叫んだ。そんな僕らを全従業員が見ていたが、誰も割って入ることはできなかった。

「ガキがわしに逆らったらどないなるかよう教えたる」

水谷は拳に力を込め、大きく振りかざした。ガードはできたものの、強い痛みが全身を駆け巡る。体勢を立て直そうとしたが、新たな一発が僕を襲い、それからは殴られっ放しだった。こうなることはわかっていたが、あまりに苦しく、ろくに息もできなかった。

そろそろ来てくれるはずだが、予定よりも遅い。何かあったのだろうか。それとも以前、僕が殴ったことへの仕返しだろうか。

ふいに水谷の手が止まり、周りから驚きの声が漏れた。ようやく現れたことを知り、ひとまず胸を撫でおろす。

水谷がゆっくりと立ち上がる。そして乱れた髪を撫で付け、瞬(まばた)きもせずに彼を見た。

「どちらさまですか」

水谷が静かにそう言った。彼はその視線に応えるように、ゆっくりと水谷に近づいた。

雫はかつての端正さを取り戻していた。激しい運動と食事制限の成果で、緩んだ体型は元通りになっていた。

不気味な緊迫と静寂があたりを包み、一触即発の状態が続いた。

やがて雫は膝(ひざ)を折り、床に正座した。そして手をつき、ゆっくりと頭(こうべ)を垂れた。

「許してください。俺が間違っていました。もう一度、ここで働かせてください」

従業員たちが戸惑った様子でそれぞれ目を見合わせた。

「今の自分があるのはパパのおかげです。群馬から出てきた何もできない俺みたいな男がナンバーワンになれたのは、パパがいたからです。俺にはもう、ここ以外に居場所がありません。だからもう一度チャンスをください」

そば屋で亜夢のことを話したとき、意外にも雫は涙を流した。そして「戻りたい」と言った。それは店に戻りたいと取ることもできたし、客からも仲間からも慕われ、隣にミサキがいたあの日々に戻りたいとも取ることができた。

雫は頭を床につけたまま、「お願いします」と繰り返した。しかし水谷は構うことなく、灰皿の葉巻にもう一度火をつけた。

「そんなことはないでしょう」

雫はふと顔を上げ、水谷を見た。

「あなたはうちには向いていない。他の店でやられた方がいいと思いますよ」

煙が水谷を霞める。その嫌味な態度に、話せばきっと伝わると思った自分を悔いた。これほどのことをされても、僕と雫はどこかで水谷を信じていた。しかし彼は容赦なく僕らを突っぱねた。

雫はうな垂れたままだった。僕もそんな彼を見ていることしかできなかった。すると突然、ホストのひとりがその場に膝をついた。そして「お言葉ですが」と震える声を水谷に向けた。

「自分からもお願いします」

土下座する彼を雫は驚いた様子で見つめていた。

「ここには雫さんが必要です。雫さんがいなくなってから店に活気がないっていうか、なんか、面白くないです」

彼は怯えながらも、そう言った。

すると別のホストも「お願いします」と土下座をした。それに誘発されたように何人もが同じ姿勢で訴えた。口々に雫がいかに店に必要かを説き、彼を残してほしいと水谷に懇願した。いつしか全員が土下座していた。

水谷の憤懣（ふんまん）が限界なのは見て取れた。彼はぐるりとホストたちを見回し、「誰がなんと言おうとあかん！　そんな勝手がまかり通るか！」と一喝した。そして店の出入り口へと歩いていった。

その背中に僕は「じゃあ、雫が独立してもいいんですね？」と声を放った。

「できるもんならしてみぃ」

水谷は振り返ることなくそう言い、再び歩き出す。

「パパの許しが出た。雫は独立する。みんな一緒についてこないか？」

ホストたちにそう言うと、水谷の足が止まった。

賭（か）けではあったが、勝算はあった。しばらく沈黙があったのち、ひとりのホストが「自分はついていきます」と手を挙げた。続いてちらほらと手が挙がり、土下座のときと同じように全員が手を挙げた。雫は事態を飲み込めていないのか不安げに様子を見ていたが、やがて小さく頷いた。

「では、独立させていただきます」

水谷は僕と雫を交互に睨みつけ、顔を赤くした。そして再び髪を撫で付け、ゆっくりと息を吐いた。

「三月や」

水谷はそう言って葉巻を床に放り投げ、踏みつけた。

「光也。三月までうちで働け。そんで雫がうまく戻ってこれるように手助けせぇ。下も育てろ。雫の女と子供もお前が段取りしてやれ。それが辞める条件や」

皆から歓喜の声が上がる。雫は腕で目元を押さえ、誰にも顔を見られないように隠していた。

店を出ていく水谷に鬼王の面影は感じられなかった。それどころか彼の背中は、工場へ行く父の最後の記憶を思い起こさせた。

その夜、急遽雫の歓迎パーティが開催されることになり、彼の復活を祝おうとたくさんの客がチュベローズを訪れた。シャンパンを抜く音と歓声が飛び交うなか、雫は無邪気に笑い、子供のようにはしゃいだ。かつては当たり前だったこの光景が再び戻ってきたことに感極まった僕は、いつも以上に酒を飲んだ。

店が閉店しても賑わいは収まらず、ようやく帰れることになったのは四次会を終えた午前八時だった。新宿駅を目指しているといきなりポケットのスマホが鳴った。

「もしもし」

「『株式会社ＡＩＤＡ』の人事担当米原ですが、金平光太さんですか？」

「はい」

気持ち悪くて働かない頭をどうにか動かす。

「このたびは弊社の求人にご応募いただきましてありがとうございます」

白いガードレールにもたれ、僕は次の言葉を待った。

「慎重に選考を重ねました結果、金平さんの採用が内定しました」

19 美津子

九月半ばを過ぎても残暑はしぶとく、真夏日になる日も少なくなかった。熱中症で命を落とす人は後を絶たず、この二ヶ月で東京の死亡者数はすでに三百人を超えた。報道番組は「水分をこまめにとってください」としつこく注意喚起していた。

夜型の生活を送る自分にはあまり実感がなかったが、美津子の家を訪ねるため外に出た昼下がり、足元から湧いてくる熱気にたちまち汗が滲み、暑さに怯んだ。道の先の景色を陽炎が歪めている。

美津子には内定が決まったことをすぐに電話で報告した。彼女は自分のことのように喜び、電話越しに洟をすする音が聞こえた。しかしその後、連絡が途絶えた。家庭の問題で揉めていると聞いていたので初めはタイミングが合わないだけだと思った。しかし何日経っても電話もメールもＬＩＮＥも繋がらず、最近は電話をすると「この電話番号は現在使われておりません」という音声が流れるようになった。

拒絶される心当たりはなかった。何かあったのではと心配になり、美津子の家を訪ねることにした。

合鍵は持っていなかったが、エントランスでチャイムを鳴らすのはためらわれた。雫のこれほど連絡がつかないのだから、すんなり僕を受け入れるとは思えなかった。雫のマンションに進入したときと同じように、出てくる住人とすれ違う形で忍び込み、三階へと上がる。廊下を歩いていくと、各部屋の室外機から放出される熱風にさらされ、気分が悪くなる。眼下に見える公園には日曜日にもかかわらず誰もいなかった。

美津子の部屋の室外機も動いていた。中から人の気配もした。一息ついてチャイムを押す。

しばらくしてドアの隙間から顔を出したのは、美津子ではなかった。

「どちらさまっすか？」

高校生くらいのほっそりとした青年が、気だるげにそう言った。無愛想な態度にうだる暑さも相まって苛立ったが、「君こそどちらさまかな？　僕は斉藤美津子さんに会いにきたんだ。いるかな」と平静を装う。

「僕は斉藤美津子の甥です。あんたは？」

甥がいるという話は聞いたことがなかった。そもそも美津子は家族の話をしたがらなかった。疑わしいとは思ったが、眉の形と顔の輪郭は確かに美津子に似ていた。

「失礼しました。自分は『ＡＩＤＡ』の金平光太というものです。急な用件で斉藤さんに会いにきました。いらっしゃいますか？」

なるべく柔らかい口調で話しかける。営業になったらこんな風にクライアントと接するのだろうかと、関係ないことが頭をよぎる。

「聞いてないんすか」

青年は怪訝そうな顔をした。

「なんのこと？」

「会社の人には話しましたけど」

僕の嘘を見抜いているのか、彼の方も僕のことを疑っているようだった。

「そうですか、もしかしたら情報が行き違いになっているのかもしれないね。何かありましたか？」

青年は耳の裏を指で擦り、「伯母は」と言って俯いた。

「亡くなりました」

中からエアコンの冷えた空気が流れ出てくる。

「そう言えって、言われてるの？」

「はい？」

彼はあからさまに面倒くさそうに、「帰ってください」と言った。

「からかわないでほしいな」

「からかってないっすよ」

彼の顔には少しの覇気もなく、それがまた癪に障った。

「いい加減にしろよ」

怒鳴るようにそう言うと、青年は冷ややかな視線を僕に向けたあと、黙ってドアを閉めようとした。咄嗟に足を入れ、強引にドアを開く。すると部屋の奥に段ボールが積まれているのが見えた。

「引っ越すのか」

「さっきから何なんですか」

玄関に身体を押し込めると異様なにおいがした。

「どこに行くんだよ」

抑えきれず靴を履いたまま部屋に入る。青年が「ちょっと、警察呼びますよ」と後を追ってくるが気にしなかった。

奥へ行くにつれてにおいはきつくなり、思わず袖で鼻を押さえた。部屋には段ボールの他に、本棚や食器棚、タンスなどの家具があったが、どれも空だった。テーブルの上に小さな壺が置かれている。

「伯母は自殺しました。今はその遺品整理をしています。これでわかってもらえましたか」

おそるおそるその壺を開けると、白い粉が半分ほど入っていた。

視界に無数の星がちかちかと点滅しながら飛び交う。

「ってか、なんなんすか。まじ勘弁してくださいよ」

カーテンのない窓から入り込む日差しは、青年の顔を眩しく照らした。

「だからそうだって言ってるでしょ。そこのドアノブで、首吊ったんすよ」

彼が指差したのは寝室のドアノブだった。それは僕が何度も触れたドアノブだった。その下のフローリングは黒ずんでいて何かが染み込んでいた。そのときになってようやくにおいの正体がわかった。

突如堪えきれない吐き気が込み上げる。トイレに駆け込み、胃の中のものを一気に吐き出した。

考えたくもないのに、自らの首にロープをかける美津子を想像してしまう。うっすらと血管が透け、かすかに皺の刻まれた首の皮膚。ロープを握る細く白い指。無表情な顔はまるで蠟で塗り固められたような質感をしていた。再び吐き気が込み上げる。

「大丈夫っすか」

青年がハンカチを差し出したが、それを手で制し、トイレットペーパーで口元をぬぐった。

「あんた、誰なんすか？　会社の人じゃないでしょ」

「まだ末端の新入社員なんだ。仕事でお世話になったのでお礼が言いたかった。部署が違うから斉藤さんのことはあまり知らないし、自殺したことは上層部以外知らないはずだ」

早口で嘘を並べると、「確かに、末端社員には知らされないのかも」と青年は言った。

「何があったんだ」

「会社の金、横領してたんだって」

視界にはまだ星が浮かんだままだった。

「本当のところはよくわかんねーけど、金に困って自殺したんじゃねぇの」

経理なのにどうしてチュベローズであれほど散財できるのか、不思議に思っていた。

その理由をこんな形で知ることになるとは。

いつかミサキとした会話を思い出す。

——人を人と思わないで。ただの客。ただの金。光也はそういう最低な人間を演じればいいの。

——できるかな、そんなこと。

——中途半端（ちゅうとはんぱ）な優しさとか慈（いつく）しみみたいなのを持ってると苦しむのは自分だからね。客が風俗で働こうがヤクザから金借りようが万が一死のうが、知らんぷりできる強さを持って。

万が一死のうがなんて、大げさな脅しだと思っていた。

考えずにはいられない。美津子を本当の意味で殺した人物を。

視界にちらつく白い星は無軌道に浮遊し、奇妙な動きをしていた。

「遺書は」

「ありませんよ」

平衡感覚を失い、立つこともままならない。それでもどうにか身体を起こし、「邪魔してごめん」と青年に声をかけた。

玄関までがひどく遠く感じる。においはもうしなくなっていた。

ドアを開けると先ほどまで燦々（さんさん）と降り注いでいた太陽は雲で翳（かげ）り、あたりは少し暗

村上春樹著

世界の終りとハードボイルド・ワンダーランド
谷崎潤一郎賞受賞（上・下）

老博士が〈私〉の意識の核に組み込んだ、ある思考回路。そこに隠された秘密を巡って同時進行する、幻想世界と冒険活劇の二つの物語。

村上春樹著

ねじまき鳥クロニクル
読売文学賞受賞（1〜3）

'84年の世田谷の路地裏から'38年の満州蒙古国境、駅前のクリーニング店から意識の井戸の底まで、探索の年代記は開始される。

村上春樹著

海辺のカフカ（上・下）

田村カフカは15歳の日に家出した。姉と並んだ写真を持って。世界でいちばんタフな少年になるために。ベストセラー、待望の文庫化。

恩田陸著

夜のピクニック
吉川英治文学新人賞・本屋大賞受賞

小さな賭けを胸に秘め、貴子は高校生活最後のイベント歩行祭にのぞむ。誰にも言えない秘密を清算するために。永遠普遍の青春小説。

恩田陸著

中庭の出来事
山本周五郎賞受賞

瀟洒なホテルの中庭で、気鋭の脚本家が謎の死を遂げた。容疑は三人の女優に掛かるが。芝居とミステリが見事に融合した著者の新境地。

恩田陸著

歩道橋シネマ

その場所に行けば、大事な記憶に出会えると——。不思議と郷愁に彩られた表題作他、著者の作品世界を隅々まで味わえる全18話。

チュベローズで待(ま)ってる　AGE22

新潮文庫　か-93-1

令和四年七月一日発行

著者　加藤(かとう)シゲアキ

発行者　佐藤隆信

発行所　株式会社新潮社

郵便番号　一六二―八七一一
東京都新宿区矢来町七一
電話　編集部(〇三)三二六六―五四四〇
読者係(〇三)三二六六―五一一一
https://www.shinchosha.co.jp

価格はカバーに表示してあります。

乱丁・落丁本は、ご面倒ですが小社読者係宛ご送付ください。送料小社負担にてお取替えいたします。

印刷・錦明印刷株式会社　製本・錦明印刷株式会社

ISBN978-4-10-104021-9 C0193